冷徹なインテリヤクザは、没落令嬢を容赦なく猛愛する

★

ルネッタブックス

CONTENTS

Lunetta

第一章

五月下旬という時季にしては気温が高い今日、空は快晴で眩《まぶ》しい日差しが降り注いでいる。

昼下がりの時間帯、百貨店や駅ビル、大型家電店やファッションビルが軒を連ねる新宿《しんじゅく》駅周辺はひどく活気があった。書類が入った封筒を持ってそこを訪れた前村紗雪《まえむらさゆき》は、スマートフォンで地図アプリを見ながら目的のビルを探す。

(この通りを真っすぐ行って、右に曲がる……どれだろう)

看板をひとつひとつ見て確認していたところで、少し行った先のビルの入り口に立っていたスーツ姿の男性が、こちらに向かって手を上げる。

「前村さん、こっち」

「あ、……」

彼はこちらに歩み寄り、ホッとした様子で言った。

「ごめん、昼休みなのにわざわざ届けてもらって」

「いえ。一応、中を確認していただけますか」

彼は紗雪が勤める照明機器メーカーの営業社員で、田中《たなか》という。

商談のために外に出ていたが、必要な資料を会社に忘れたといい、紗雪に「悪いけど、届けてもらえないか」と連絡がきていた。封筒の中身を確認した田中が、ホッとした顔で言う。

「うん、これで合ってる。助かったよ、ありがとう」

「では、わたしはこれで」

会社は練馬《ねりま》区の江古田《えごた》にあり、ここから公共交通機関を使って二十分ほどの距離だ。

昼休みを使って書類を届けたため、これから戻ると昼食を取る時間はなくなる。本来はミスをした田中本人が会社に取りに戻ってくればいい話だったが、おそらく彼は自分の昼休憩が削られるのが嫌だったのだろう。

電話がきたとき、紗雪は他の二人の事務員にどうするべきか相談したところ、「前村さんが電話を取ったんだから、自分で届けてよ」とすげなく言われてしまった。彼女たちは連れ立ってランチに行ってしまい、それを思い出して小さく息をつく。

(しょうがないよね。誰だって休憩時間がなくなるのは嫌だし、田中さんにはっきり断れなかったわたしが悪いんだから)

二十四歳のときに入社し、今年で勤めて三年になる会社は、決して居心地がいいとはいえない。

先輩である事務員たちは二人で結託し、自分たちがやりたくない面倒な仕事や残業などをこちらにどんどん割り振ってくる。営業社員たちもそれを知っていながら見て見ぬふりをしていて、紗雪は感情を表に出さずに淡々と仕事をこなすことで何とか矜持《きょうじ》を保っていた。

（転職したいけど、今よりいい職場を見つけられる保証はない。そんなことを言ってたら、永遠にどこにもいけないのはわかってるけど……）

ため息をつき、駅を目指す。

歩き始めた途端、ビルの窓ガラスに映る自分が視界に入り、あまりにも昔と違う姿に紗雪は目を伏せた。幼少期から容姿を褒められることが多く、亡くなった父にも「紗雪はお母さんに似て美人だなあ」と言われていたものの、今は地味でチープな服装に身を包み、表情もどこか陰気だ。

三年前の出来事をきっかけに、紗雪の人生はすっかり暗転していた。大好きだった父と裕福な暮らしをほぼ同時に失い、かつては考えられないような状況の中、安い給料をやり繰りしながら何とか生きている。

朝作ってきたお弁当が無駄になることを思い、暗澹《あんたん》たる気持ちで歩き出した紗雪は、ふと前方に目を留めた。

（あれは……）

黒塗りの車から降り立ったのは、ネイビーのタイトスーツを着た五十代とおぼしき女性だった。

細身の彼女はショートボブの髪型とハイヒール、大ぶりのピアスが颯爽とした雰囲気を醸し出している。その顔には見覚えがあり、紗雪は全身から血の気が引いていくのを感じた。

(礼子《れいこ》叔母さん……どうしてここに)

車からはもう一人、三十歳前後の青年が降りてきて、彼を見た紗雪の心臓がドクリと跳ねた。白のインナーにグレーのテーラードジャケット、黒のテーパードパンツを穿《は》いた彼は、人目を引く容姿だ。甘く整った顔立ちとスラリとした体型、長い手足が優雅で、礼子と何か話している。

その顔を見るのは三年ぶりだったが、絶対に忘れるはずがない。紗雪は信じられない気持ちでいっぱいになりながら、その場に立ち尽くした。

(匡平《きょうへい》さんが……礼子叔母さんと一緒にいる。これってつまり――)

頭の中で目まぐるしく考え、導き出された結論は、彼らがやはり〝グル〟だったということだ。

三年前、紗雪は家と父の遺産、そして愛する男まですべてを失った。気がついたときには既に遅く、何の手立ても講じられないまま失意のどん底に落とされた。

当時も叔母と匡平には何か繋《つな》がりがあるのではないかという疑いを抱いていたが、今ああして一緒にいるのなら、やはり彼らは無関係ではないのだろう。頭に血が上るのを感じつつ、紗雪は二人を問い質《ただ》すべく前方に向かって歩き出す。しかし次の瞬間、ドンと人にぶつかってしまった。

「あ、すみません」

咄嗟《とっさ》に謝ったものの、相手はストリートファッションに身を包んだ輩《やから》っぽい男性たちで、紗雪に絡んでくる。

「ちょっとお姉さーん、すっげえ痛かったんだけど？」

「ご、ごめんなさい」

黒いプリントトレーナーにカーゴパンツ、シルバーアクセサリーにサングラスという風体の二人は、ニヤニヤしながら目の前に立ちはだかる。

「人にぶつかっておいてろくに謝りもしねーで通り過ぎようとすんの、めっちゃ失礼じゃね？」

「だよなあ。お詫《わ》びは心がこもってないと意味ないんじゃねーの」

紗雪はすっかり顔色を失《な》くしていた。

こんな連中に絡まれるなど、本当についていない。しかしうかうかしていると叔母と匡平を見失ってしまうため、目の前の二人に向かって必死に頭を下げた。

「本当に申し訳ありませんでした。不注意でぶつかってしまい、反省しています」

「悪いと思ってんなら、態度で示してもらわないとな」

「そうそう。お姉さん、地味だけどすげーきれいな顔してんね。とりあえず俺らと茶でも飲もうか」

両側から二人に挟まれ、強引にその場から連れ去られそうになって、紗雪は狼狽《ろうばい》する。身をよじり、何とか拘束から逃れようとするものの、男たちの力は強い。足に力を入れて必死にその場に踏み留《とど》まろうとした瞬間、ふいに第三者の声が響いた。

「――彼女、嫌がってるよ。放してやったら？」

そこにいたのは、仕立てのいいスーツに身を包んだ紗雪と同年代の男性だった。切れ長の目元と高い鼻梁《びりょう》、薄い唇が形づくる容貌は見惚《みと》れるほど端整で、ハイブランドとおぼしきスーツが長身を引き立て、磨き上げられた革靴とチラリと見える腕時計がクラス感を如実に表している。

水を差された形の男たちが、気色ばんで言った。

「ああ？　関係ねえだろ、雑魚が口出しすんな」

「怪我《けが》しねーうちに消えろよ」

すると男性がうっすら笑い、二人を見つめて言う。

「ふうん、彼女を放す気はないんだ」

彼の口調は穏やかで、風体の悪い男たちを前にしても動揺することなく落ち着いていた。その微笑《ほほえ》みには余裕が漂い、紗雪は「この人は一体、どういう立場の人間なんだろう」と考える。

そのとき背後から別のスーツ姿の男性が近づいてきて、男性に問いかけた。

「嵩史《たかふみ》さん、どうされました？」

するとそれを聞いた男たちのうちの一人が、連れの袖を引いて「おい」と呼びかけ、ヒソヒソと何か耳打ちした。男がサッと顔色を変え、慌てた様子で紗雪をつかんでいた手を離すと、上擦った声で告げる。

「あっ、あの、俺たちはもう消えるんで」

「失礼します！」

二人がバタバタと逃げていき、紗雪は唖然《あぜん》として立ち尽くした。

(あの人たち、何でいきなりいなくなったの？　それより叔母さんと匡平さんは……)

急いで礼子と匡平がいたところに視線を向けると、彼らの姿は既にない。

黒塗りの車も消えており、紗雪はひどくショックを受けた。だが自分を助けてくれた男性に礼を言わなければと考え、彼に向き直って言う。

「あの、助けていただいてありがとうございました。助かりました」

「いや、……」

頭を上げた瞬間、男性がまじまじと見つめてきて、紗雪はその整った顔にドキリとする。

彼が眉を上げ、思いがけないことを言った。

「俺たち、会ったことあるよね？　過去に」

「えっ」

「中学のときに一緒だったよ。覚えてないかな、三辻《みつじ》嵩史」

しばらく記憶を探った紗雪は、やがて驚きに目を見開く。

「三辻くん？　本当に？」

「うん」

「すごい、久しぶりだね」

三辻とは、中学の二年間同じクラスだった。だが当時と今はだいぶ雰囲気が違っており、戸惑いがこみ上げる。そんな紗雪を見つめ、彼がニッコリ笑った。

「よかったら、これから話さない？　カフェでも入ろうか」

「あの……わたしは仕事を抜けてきていて、ここには営業マンの忘れ物を届けに来ただけなの。だからすぐ会社に戻らなきゃいけなくて」

「会社って、前村さんもしかして働いてるの？　君って確か、結構な家のお嬢さまだったよね」

紗雪は「それは……」と言いよどみ、ぎこちなく笑って答える。

「三年前から、働いてるの。……もうそういうのじゃないから」

するとミ辻が意外そうに眉を上げ、紗雪はいたたまれない気持ちで目を伏せる。

確かに三年前まで、自分は大きな会社の社長を父に持つ令嬢だった。だがそれが一変し、現在は独り暮らしをしながら働く身だ。そんな紗雪を見下ろし、彼が言った。

「そっか、時間がないなら残念。じゃあ名刺を交換をしよう」

「う、うん」

手渡された名刺には、〝株式会社エルデコンサルティング　代表取締役　公認会計士　三辻嵩史〟と書かれている。まさか三辻が会社を経営しているとは思わず、紗雪は感心して名刺を眺めた。

（二十七歳で会社を経営してるの、すごい。しかも公認会計士だなんて）

しかし自分は昼休みが終わるまでに、会社に戻らなくてはならない。バッグに名刺をしまった紗雪は、彼を見上げて言った。

「ごめんなさい、今日のお礼は日を改めて。じゃあ」

「うん。連絡、待ってるよ」

山手線《やまのて》から池袋《いけぶくろ》で乗り替え、江古田駅に向かう電車内はほどほどに混んでいた。ドアの前に立って外を眺めながら、紗雪は中学時代を思い出す。三辻とは中学二年と三年で同じクラスだったが、話をした記憶はほとんどない。というのも、当時の彼はひどく荒れていてろくに学校に来ない、いわゆる〝不良〟だったからだ。

整った容姿の三辻だったが、中学時代は茶髪で眼光鋭く、尖《とが》った雰囲気の持ち主だった。学校にいるときはふてぶてしい態度で授業を聞いているか、机に突っ伏して眠っているかのどちらかで、教師たちも怖がって彼を注意することはなかった。

夜の繁華街で遊び歩いているという噂《うわさ》やヤクザの息子だという話があったが、その真偽は定かではない。紗雪は三辻と親しくなる機会がないまま中学を卒業し、高校は私立の女子高に進学したため、二十七歳の今に至るまで彼との接点はなかった。

(三辻くん、わたしの名前を覚えてるなんて、何だか意外。ほとんど話をしたことがなかったはずなのに)

先ほど会った三辻はブランド物のスーツを着こなし、髪も清潔感があって、会社社長というのも頷《うなず》ける姿だった。かつて荒れていた頃の片鱗《へんりん》は微塵《みじん》も残っておらず、紗雪は電車に揺られながら彼の名刺を取り出して考える。

(会社の住所が丸《まる》の内《うち》のビルってことは、きっとすごく家賃が高いよね。一緒にいた人は秘書

なのかもしれないけど、わたしのこと探るような目で見てたのは何でだろう）

あまりに変貌した三辻に気後れしてしまうものの、助けてもらったお礼はしなければならない。

それに少し気が重くなりつつ、紗雪は彼に会う前に目撃した叔母と匡平の姿を思い出して唇を引き結んだ。

（もし匡平さんが礼子叔母さんと繋がっていたなら、許せない。……でも、どうしたらいいの）

自分からすべてを奪った叔母の元を訪れるのは、プライドが邪魔してできそうにない。

だが紗雪は匡平の現在の連絡先を知らず、彼を探し出すには礼子の身辺を探るしかないのが現状だ。仕事をしている身で自ら張り込むのは現実的ではないため、興信所などを雇って調べてもらうのが最善だが、その金を捻出するのが難しい。

鬱々とした気持ちでため息をつき、会社に戻ると、時刻は午後一時になる五分前だった。空腹を感じながら自分の席に座った紗雪は、パソコンを立ち上げる。

三年前に入社した漆山《うるしやま》電気株式会社は、照明機器メーカーだ。紗雪は営業事務として採用されており、電話応対や来客対応の他、カタログや販促用チラシなどの在庫管理と発送、一般経費の支払い、事務用品の購入など、その内容はさまざまだ。

他に二人いる事務員と手分けをして仕事をするはずだが、彼女たちは先輩である立場を利用して手を抜いていて、紗雪一人に業務が偏っていた。だがそれを上司である課長には言えず、されるがままの日々が続いている。

(でも、仕方ない。わざわざ波風を立てるのは嫌だし、わたしが黙ってやれば仕事は回るんだもの)

この三年間、自分なりにスキルアップをしようとMOS検定に独学で合格し、今はビジネス・キャリア検定を取るのを目的にテキストで勉強していた。だがそんな努力に水を差すように人間関係は最悪で、ため息が漏れる。

午後の仕事を始めてしばらくすると、じわじわと空腹がつらくなってきた。席を立った紗雪がコーヒーを淹《い》れようと給湯室に行ったところ、そこには先客がいる。

「……あ」

コーヒーマシンを操作しているのは、二十代後半の男性社員だった。

船見《ふなみ》博和《ひろかず》という名前の彼は、入社七年目の中堅営業マンだ。顔立ちは幾分凡庸ではあるものの、全体的に清潔感のある爽やかな雰囲気の持ち主で、イケメンの範疇《はんちゅう》に入っていなくもない。

彼の姿を見た瞬間、紗雪は給湯室に入るのを躊躇《ためら》った。思わず踵《きびす》を返しかけたところ、船見が言う。

「何だよ、人の顔見るなり立ち去ろうとするなんて。感じ悪くないか?」

「…………」

「相変わらず辛気臭い顔をしてるよなあ。前村さんみたいに暗い雰囲気の人が事務所にいるとさ、気が滅入るんだよ。視界に入るだけで鬱陶しいっつーか、他の皆もそう思ってるよ、たぶん」

笑いながら嫌みを言ってくる彼は、人目があるところでは決してこんな発言はしない。むしろ他の社員に対する態度と差をつけることなく、至ってにこやかでフレンドリーだ。しかしこうして二人きりになると、いつも辛辣《しんらつ》な言葉で紗雪を傷つける。

こんなことがもう三年近くも続いているが、対処法としてはただ黙って話を聞くしかない。船見自身も誰かにこんな状況を見られるのは望んでおらず、そのほうが短時間で終わるからだ。

目を伏せる紗雪を苛立《いらだ》ったように見つめた彼が、何を思ったのかおもむろにカップに注がれた中身をバシャリと床にぶちまける。息をのむ紗雪に、船見が鼻で笑って言った。

「悪い、零《こぼ》しちゃったわ。片づけておいて」

「――……」

空になったカップをシンクに入れ、彼が給湯室を出ていく。

床にぶちまけられた黒い液体はかすかに湯気を立てており、紗雪はそれを見つめてぐっと拳を握りしめた。

（こんなことをして、一体何が楽しいんだろ。わたしをフラストレーションの捌《は》け口にして満足？）

船見が紗雪に対してだけこんな態度を取る理由には、心当たりがある。

入社して三ヵ月が経った頃、紗雪は彼に告白された。だが当時は叔母と匡平に裏切られた痛みが生々しく、紗雪は誰かと恋愛をする気にはなれなかった。自分に告白してくれたのはありがたいが、受け入れることはできない――そう考え、船見の申し出を丁重に断ったものの、そ・れが彼の矜持を深く傷つけたらしい。

以来、会社で二人きりになるたびに船見は紗雪に嫌みを言ってくるようになった。こちらに比べて社歴が長い彼の行動は立派なパワハラであり、会社に訴えることもできたが、船見はそれを見越して紗雪に釘《くぎ》を刺してきた。

『俺の言動を他の社員や課長に話したって、無駄だからな。俺は前村さんより社歴が長いし、これまで周りと上手《うま》くやってきた。営業成績がトップで人当たりもいい俺と、陰気でニコリともしない前村さん、どっちの言い分を信じると思う？』

言われてみれば確かにそのとおりで、紗雪はぐうの音も出なかった。

何より漆山電気機器に入社するまでは十社近くの会社に落ちており、もし事実を公表してこの会社に居づらくなった場合、すぐに次の就職先が見つかるのかという不安が強くある。

（だから……）

あれから三年近く、紗雪は船見のパワハラに耐え続けている。

彼は人前では絶対に尻尾《しっぽ》を出さないため、極力二人きりになるのを避けることで当初より嫌みを言われる頻度は減った。だが今回のように床にコーヒーをぶちまけられるのは初めてで、シンク下からバケツと雑巾を出しながら惨めさが募る。

(思いきって、転職しちゃえばいいのかな。今の会社で働きながら職安に通って、次の職場を探して……。でもどうせなら、ビジネス・キャリア検定を取ってからのほうが転職に有利な気がする)

結局自分はこうして理由をつけて、現状から動こうとしないのだ——と紗雪は考える。

職場は閉塞感でいっぱいなのに、それでも安定した生活を手放すのが怖く、行動を起こせずにいる。おそらく船見にはそうした事情がわかっており、だからこそ好き放題にこちらをサンドバッグにしているのだろう。

その日は三十分ほど残業し、午後六時に退勤した。自宅のある富士見台《ふじみだい》までは、西武池袋線《せいぶいけぶくろ》一本だ。駅から徒歩十分のところにあるアパートは築三十二年と古いものの、中はリフォームされており、五畳のリビングと二畳のキッチン、三畳のロフトで、独り暮らしには充分だといえる。

生活にはまったく余裕がなく、今日もスーパーで特売品を中心に必要最低限のものだけを買って帰宅した。そして夕食後、資格取得の勉強をしながら、紗雪はふと三辻のことを思い出す。

(そうだ、三辻くんにお礼をしに行かなきゃ。会社を訪問しても大丈夫かな)

明日は土曜日だが、彼は出社しているのだろうか。

名刺を取り出した紗雪は、そこに記載されている携帯番号に思いきって電話をかけた。すると数コールのあとに「はい、三辻です」という声が響き、ドキリとしながら呼びかける。

「突然電話をして、すみません。前村です」

『前村さん？』

三辻の声が穏やかで、紗雪はそれに安堵《あんど》しながら言葉を続ける。

「今日は助けていただいて、ありがとうございました。本当に助かりました」

『いいよ、別に気にしなくて』

「改めてお礼に伺いたいのですが、明日は会社にいらっしゃいますか？」

それを聞いた彼が、噴き出して言う。

『どうして敬語なの？　いいよ、普通の口調で話して』

「あの、失礼かと思って……」

『全然。俺は明日も出社する予定だから、よかったら来る？』

三辻に午後二時はどうかと提案され、紗雪はそれを了承する。そして電話を切り、ホッと息

ってから行こう）

をついた。

（お礼に行くんだから、手ぶらってわけにはいかないよね。先に百貨店に寄って、手土産を買ってから行こう）

翌日は朝七時に起床し、平日はなかなか行き届かない家事を重点的にこなした。そして午後に百貨店に出向き、有名店でショコラの詰め合わせを購入したあと、名刺に書かれた住所のビルを目指す。

（住所を見てわかっていたけど、本当に駅のすぐ傍《そば》なんだ。こんな街中に事務所を構えられるなんて、すごい）

エレベーターで十八階に上がり、廊下を進んだ先に株式会社エルデコンサルティングはある。

曇りガラスのドアを開けると、中は無人だった。紗雪が戸惑って立ち尽くしていたところ、やがて奥から三辻が現れる。

「いらっしゃい」

「あ、こんにちは」

彼は今日もスーツ姿だったが、ジャケットを脱いでいて、シャツとベストという恰好《かっこう》だ。

きっちりと締めたネクタイやアイロンの効いたワイシャツが、品のよさを醸し出している。

三辻が「どうぞ」と言って促し、紗雪は中に足を踏み入れた。

スタイリッシュな雰囲気の広々としたオフィスにはデスクが四つあるものの、従業員の姿は見当たらない。彼がそこを通り過ぎ、奥にある社長室に入った。中は黒とシルバーでまとめられたシックな空間で、応接セットがある。

「座って。今、お茶を淹れるから」

「すみません。お構いなく」

ソファに腰掛け、社長室内で一人になった紗雪は、周囲を見回しつつ「もしかすると自分が来ると言ったから、彼はわざわざオフィスを開けてくれたのかもしれない」と考える。

(土曜日だから、普通の会社は休みのところが多いよね。平日の夕方とかに来ればよかったのに、何だか悪いことしちゃった)

やがて三辻がお盆に載った冷茶を運んできて、紗雪の前に置く。

「どうぞ」

「すみません。改めて、昨日は危ないところを助けてくれて本当にありがとうございました。三辻くんが来てくれなかったらもっと大きなトラブルになっていたかもしれないから、感謝してます」

手土産のショコラの詰め合わせを差し出すと、向かいに座った彼が微笑んで応えた。

「ご丁寧にどうも。昨日は秘書と一緒に、あの近くの上海《シャンハイ》料理の店でランチをしてたんだ。前村さんは、何か届けに来てたんだっけ」

「うちの会社の営業マンが午後の商談で使う資料を忘れて外に出てしまって、それを届けに来ていて。ちょうど用が済んだところで、知人を見かけて追いかけようとしたら……あんなことに」

三年ぶりに見た礼子と匡平の姿が脳裏によみがえり、紗雪は憂鬱な気持ちになる。

それを誤魔化すように出された冷茶を「いただきます」と言って一口飲むと、茶葉の馥郁《ふくいく》とした香りが口の中に広がった。三辻も自分のお茶を一口飲み、「ところで」と言う。

「俺と前村さんが会うのは中学卒業以来だけど、君が会社員として働いてることに驚いたんだ。昨日、『もうそういうのじゃないから』って言ってたけど、一体何があったの？」

「それは……」

理由を問い質され、紗雪は言いよどむ。

三年前に叔母と恋人に裏切られて以来、人間不信になった紗雪は友人関係をすべて断ち切った。あれから親しい人間を作らず、会社でもプライベートでも孤独を貫いてきたため、あの件については誰にも話したことはない。

（……でも）

かつての同級生である三辻になら、世間話として語ってもいいのかもしれない。そんなふうに考えた紗雪は、グラスをコースターに置いて口を開く。

「わたしの父が、前村家具っていう会社を経営してたのは知ってる？　そこそこ大きな会社だったんだけど」

「うん」

「実は三年前、父が交通事故で亡くなって。うちは母も小六のときに亡くなっていたから、突然一人ぼっちになったわたしはしばらく何もできずにいた」

当時の紗雪は花嫁修業をしており、社会人経験がなかった。

会社の経営にはまったくタッチしておらず、父の妹で常務の地位にいた叔母の礼子の「兄さんの葬儀は社葬にするから」「煩雑なことは、すべて私に任せてね」という言葉を聞き、ありがたくお願いした。

「いきなり父を失ったわたしは呆然自失《ぼうぜんじしつ》で、それを支えてくれたのが当時つきあい始めたばかりの恋人だったの。成塚《なりつか》匡平という名の彼は、カフェで話しかけられたのがきっかけで交際を始めた人だった」

話しながら、紗雪はこれ以上説明することにふと躊躇いをおぼえる。

いくら三辻がかつての同級生とはいえ、彼は十数年ぶりに会った人間だ。そんな相手に深い話をすることが、はたして正しいことなのか。そんなふうに躊躇う紗雪に気づいたのか、三辻がニッコリ笑って言った。

「話せば楽になることもあるから、何でも聞かせてよ。このくらいの距離の人間のほうが客観的なアドバイスができるし、かえって気楽だろ」

言われてみればそんな気がして、「確かにそうか」と考えた紗雪は、気を取り直して話を続ける。

――ある日、カフェで一人の時間を過ごしていた紗雪は、隣の席にやって来た見知らぬ男性に「イヤホン、落としませんでしたか？」と声をかけられた。

自分のものは手元にあり、「違います」と答えたところ、匡平は「じゃあ、他の人が落としたのかな」と言って通りかかったスタッフにそれを手渡し、紗雪が飲んでいたものを見つめて「それ、美味《おい》しいですか」と人懐こく話しかけてきた。

「彼はとても会話が上手で、気がつくと話が弾んで連絡先を交換してた。それからしばらくしてつきあい始めたんだけど、男女交際が初めてのわたしを気遣ってずっとプラトニックなままだった」

優しく年上らしい包容力がある匡平は、父親を亡くして喪失感に苛《さいな》まれる紗雪を真摯に支えてくれた。一人でいるとろくに食べなくなったことを心配し、毎日仕事の外回りの合間を縫っては買ってきたランチを届け、夜も屋敷までやって来て手ずから夕食を作る。

そんな献身的な態度を目の当たりにするうち、紗雪の中で彼への信頼は日に日に高まっていった。

「でもしばらくして、彼は急に姿を消してしまって。電話もトークアプリも通じなくなってて、職場だって聞いてた証券会社にも行ってみたけど、『そんな名前の人は在籍してません』って言われた。……教えられた情報は、全部嘘《うそ》だった」

匡平を信じきっていた紗雪は、自分が捨てられたという事実を受け止めきれずにいた。

そんな矢先、さらに信じられない出来事が起こった。

「父の会社や土地家屋、財産を、すべて叔母に奪われてしまったの。わたしにとっては寝耳に水で、どういうことなのか話を聞いたら、父の顧問弁護士に『紗雪さんは、お父上の相続をすべて放棄するという書類に署名捺印《しょめいなついん》しておられますよ』って言われて……。実際に見せられた書類は、わたしにそっくりな筆跡でサインして実印が捺《お》されていた」

それを聞いた三辻が、驚いたように眉を上げる。そして少し考え込みながらつぶやいた。

「そういう相続の書類って、確か家庭裁判所から自宅に郵送されるんじゃなかったっけ。前村さんが見た覚えがない書類に捺印されていたってことは――」

「おそらくうちに頻繁に出入りしていた彼が、家裁から送られてきた相続に関する書類をわたしが見る前に盗んだんだと思う。そして勝手に実印を持ち出し、書類に判を捺した」

父の印鑑は会社で管理されていたが、紗雪のものは普通に自室の引き出しの中にしまっていた。

知らないうちに父が遺したすべての財産の権利を放棄させられた紗雪は、気づいたときにはなすすべもなかった。かくして屋敷を差し押さえられ、退去期日を迎えた紗雪の元に、礼子がやって来た。

「叔母はわたしの顔を見て、開口一番『悪く思わないでね』って言った。祖父が興した会社にこれまで貢献してきたんだから、創業者の娘である自分こそがすべてを受け継ぐ資格があるって。そして『大丈夫、紗雪は若いんだし、きれいな顔をしてるんだもの。これからいくらだって稼げるわ』『でも一文無しで放り出すのはかわいそうだから、これだけあげる』って言って、百万円をポンと寄越してきた」

今までこの話を、誰かにしたことはない。だが一度話し始めると歯止めが利かず、紗雪は頭の片隅で「自分はきっと、誰かに悔しさを共有してほしかったのかもしれない」と考えた。

（そうだよ。この際だから、洗いざらい話しちゃおう。そのほうがきっとすっきりする）

そう結論づけた紗雪は、言葉を続ける。

「あのときは……身体《からだ》が震えるような屈辱だった。確かに叔母には常務にふさわしい実績があって、会社を引き継いでもらうことに異存はない。でも父が遺した財産は本来娘のわたしが相続するべきもので、彼女には何の権利もなかったはずなの。それなのにまんまと手にして、勝ち誇った目を向けてきたから」

銀行預金には母が亡くなったときの死亡保険金も含まれており、莫大な金額だったというが、礼子は会社と屋敷だけでは飽き足らずそれらもすべて手に入れた。

世間知らずだった紗雪にできることは何もなく、結局叔母に渡された百万円を元手にアパートを契約し、就職活動をして今の会社で働き始めた。

（実際に追い込まれるまで、わたしは叔母さんの人間性に疑問を抱いたことはなかった。いつも溌剌《はつらつ》として明るくて、会えば気さくに話してくれる彼女に憧れさえ抱いていたのに）

匡平のこともそうだ。誰もが振り返るようなイケメンで優しく誠実な彼を、心から信頼していた。

だが今思えば、匡平との出会いは最初から仕組まれていたものであり、紗雪に相続を放棄させるために礼子が企んだ罠《わな》だったのだろう。しかしここで、ひとつの可能性が浮上してくる。

「わたしが成塚匡平とつきあい出したのは、父が亡くなる一カ月余り前だった。もし彼が叔母の仕込んだ〝役者〟だとしたら、父は──」

「事故を装って、殺されたんだってことか」

三辻の言葉に、紗雪は膝の上で手を握り合わせて頷いた。

「考えれば考えるほど、そうだとしか思えなくて。一度警察に話をしに行ったんだけど、応対してくれた刑事に『サスペンスドラマの見すぎじゃないんですか』って言われた。父を車で轢《ひ》いた犯人は現行犯で捕まっていて、前方不注意だったと供述していた。都内で町工場を経営する人物で、そんな陰謀の疑いがなく身元がはっきりしてるって」

結局父の死に関しては捜査してもらえず、真相は闇に葬られた。

その後、礼子は前村家具の代表取締役に就任し、今はやり手の女社長としてときおりメディアの取材を受けている。一方の紗雪はといえば、二人に裏切られた経験から重度の人間不信となり、人を寄せつけない性格になってしまった。

紗雪は握り合わせた手に力を込め、押し殺した声で言葉を続けた。

「この三年間、あの二人を忘れたことはなかった。父の死と相続の件は、弁護士に依頼してどうにか真実を明らかにしたかったけど、自分の生活を成り立たせるので精一杯で到底無理だった。彼らへの憎しみの気持ちばかりが渦巻いて苦しくて、でも自分には何もできないんだって痛感して、ずっと忘れられないまま手をこまねいていたの。だけど――昨日あの場で、彼らの姿を見かけて」

「えっ？」

「黒塗りの車から降り立ったのは、確かに叔母だった。その後から降りてきたのは成塚匡平で、急いで後を追いかけようとしたら、道の途中で柄のよくない人たちにぶつかってしまって」

彼らに気を取られているうちに二人は姿を消していて、結局声をかけることは叶《かな》わなかった。

悔しさがまざまざとこみ上げて目に涙が盛り上がり、頬を伝ってポロリと落ちる。紗雪は震える声でつぶやいた。

「わたし――あの人たちが許せない。二人が繋がっていたんだっていう確証を得た途端、この三年間感じてきた悔しさがどうしようもなく高まって、苦しくてたまらないの。できることなら復讐《ふくしゅう》したいし、父は殺されたんだっていう事実も明らかにしたい。でも、わたしには何の力もお金もなくて、全然そんなの現実的じゃないんだって思うと……すごく惨めで」

頬を流れる涙を、紗雪は指先で拭う。そして大きく息を吐いて気持ちを落ち着かせ、やるせなく笑って言った。

「ごめんね、いきなりこんな話を聞かせて。反応に困るよね」

「うん。まさかそんな話だとは思わなかったから、ちょっとびっくりしてる」

三辻はそう言って、興味深そうに言葉を続けた。

「なるほど。君がお嬢さまの立場から転落したのには、そういう経緯があったわけか。お父さんが亡くなる一ヵ月前にその男が近づいてきたのなら、おばさんの計画的な乗っ取りということになるね。現にそいつは、今も彼女と繋がってるんだし」

彼はしばらく思案していたものの、やがて正面から紗雪を見る。整った容貌にドキリとしていると、三辻はニッコリ笑い、思いがけないことを言った。

「――よかったら、協力してあげようか」

「えっ？」

「俺の職業は名刺に書いてあるとおり経営コンサルタントで、公認会計士の資格を持ってる。つまり企業の会計や法務上の専門知識を有するスペシャリストだから、前村家具の現在の経営状況や、社長交代に伴ってどういう動きがあったのかを分析することができるんだ。まあ内部には入れないから、客観的事実に基づいた推測にはなるけど、素人が調べるよりは詳しい報告書《レポート》を出せると思うよ」

驚きのあまり言葉が出ない紗雪を見つめ、彼が話を続ける。

「それから興信所や探偵にも伝手《つて》があるから、成塚恭平についても調べることができる。内容は彼の現住所や連絡先、職業、交友関係や経済状況などだな。行動範囲なんかもわかるから、捕まえて直接話すのも可能になる」

三辻の話を聞いた紗雪は、ずっと心に垂れ込めていた暗雲がわずかに晴れていくのを感じた。

この三年間、父は殺されたのではないかという疑念や初めての恋人である匡平に騙《だま》された痛み、裏で糸を引いて自分からすべてを奪っていった礼子への恨みの念で雁字搦《がんじがら》めになっていたものの、何もできずに手をこまねいていた。

こうして三辻と話したことで前進する兆《きざ》しが見えてきたものの、今の自分には彼の提案を実行に移せない事情がある。そう思いながら、紗雪は力なく笑みを浮かべて言った。

「三辻くんの提案はすごくありがたいけど、そういうのってすごくお金がかかるでしょ。わたしはそれを用立てることはできないし、今は生活をするだけでカツカツだから、あまり現実的ではないかな」

紗雪の毎月の給料はそう多くはなく、貯金も微々たるものだ。三辻に前村家具の調査を依頼し、さらに興信所に匡平について調べてもらうための代価までは、到底払えそうにない。

するとそれを聞いた彼が、ふっと笑って正面からこちらを見た。

「――本当に復讐したい気持ちがあるなら、普通は形振《なりふ》り構わないんじゃない？　もっと必死になって、使えるものは何でも使うはずだ。そんな気概もないのに『自分を騙した二人が憎い』なんて、俺には前村さんが本気には見えないんだけど」

「……っ」

どこか挑発するような三辻の言い方に驚き、紗雪は咄嗟に返す言葉に詰まる。やがてこみ上げてきたのは、強い反発心だった。

（わたしの復讐心が本気じゃないなんて、何で三辻くんがそう言いきれるの？　この三年間わたしがどれだけ苦しい思いをしてきたか、全然知らないくせに）

やはり十数年ぶりに会った同級生に深い話をしたのは、間違いだった。

叔母と好きだった男にすべてを奪われた気持ちなど、三辻には到底わかるはずがない。そう考えた紗雪はぐっと拳を握りしめ、顔を上げて言った。

「傍《はた》から見たら、そうかもしれないね。こんな話、わざわざ三辻くんに聞かせてしまってごめんなさい。もう帰ります、お邪魔しました」

ソファから立ち上がった紗雪は、バッグを手に社長室を出ようとする。

しかし次の瞬間、後ろからやって来た三辻にふいに腕をつかまれた。

「怒るってことは、図星だから？　前村さんは『復讐したい』って言いながら、実際はかわいそうな自分に酔ってるだけなの？」

「……っ、そんなわけないでしょ。わたしがこの三年間、どれだけあの二人を憎んできたと思うの」

帰ろうとするのを引き留め、わざわざ挑発するような発言を繰り返す彼に、紗雪の中で苛立ちが募る。

興味本位に説教じみたことを言われるのが、ひどく不快だった。紗雪が一人になって痛感したのは、世の中は何もかも金で回っているという事実だ。経済的に困窮すると、人はどんどん精神が擦り減っていく。安月給で働く人間は狭いアパートで暮らしつつ日々のやり繰りに頭を悩ませ、生活をするだけで精一杯になる。

父がいたときは金の価値にまったく気づかなかったが、あの頃の自分は本当に幸せだったと紗雪は思う。

（お金さえあれば、いい弁護士に依頼して奪われた遺産を取り返すことができたかもしれないし、前村家具の調査も頼むことができた。でも今のわたしにはそれがないんだから、仕方ない）

そんなふうに考えながら、紗雪は三辻につかまれたままの手を引いて告げた。

「三辻くんみたいに成功した人には、わたしの気持ちはわからないよ。復讐したいって強く思っても、実際にあの人たちを追い詰めるにはお金が要る。でもわたしにはそれが用意できないんだから、諦めるしかないでしょ」

引っ張っても離れない手に苛立ち、紗雪はわずかに語気を強めて言う。

「もういいでしょ。手、放して」

すると三辻が、さらりと意外なことを言った。

「――現金がないなら、他のもので払うという手もあるけど」

「他のものって……」

「あるだろ、身体とか」

何を言われたのか一瞬わからず、紗雪はきょとんとして目の前の三辻を見つめる。

すると彼が紗雪を見下ろし、ニッコリ笑った。

「前村さん、こんなところにのこのこ一人でやって来るなんて、世間知らずにも程があるね」

「えっ……」

「そうやって警戒心がないから、親族や男に好き勝手されるんだよ。かつて騙されてひどい目に遭った経験があるのに、〝中学時代の同級生〟っていう繋がりだけで俺を信用するなんて、カモってくださいって言ってるのと同じだ」

いきなり腕を引かれ、ソファの座面に身体を押し倒される。

突然の流れに驚き、紗雪は呆然として自身の上に乗り上げる三辻を見つめた。こちらを見下ろす彼は、先ほどまでとはまったく雰囲気が違っている。柔和で品のいい顔は鳴りを潜め、端整な顔に浮かべた笑みがどこか危険なものを孕《はら》んでいて、紗雪の心臓がドクドクと速い鼓動を刻んだ。

三辻がこちらを見下ろしつつ問いかけてきた。

「俺と君は、中学のときほとんど接点がなかったよな。当時は滅茶苦茶尖ってたし、授業態度も不真面目だったから、まあ当然だ。俺に関する噂は、何か聞いたことある？」

紗雪は目まぐるしく記憶を探り、言葉を選びつつ小さな声で答える。

「三辻くんが……その、ヤクザの息子じゃないかっていうのは、少しだけ」

だがそれは彼の荒れた行動から連想する比喩《ひゆ》的表現であり、単なる噂だったはずだ。紗雪がそう考えていると、三辻が思いがけないことを言う。

「――それ、事実だよ」

あっさり告げられ、紗雪はドキリとして目を見開いた。三辻が言葉を続けた。

「俺の親父は、指定暴力団墨谷《すみたに》会の幹部だ。直参《じきさん》の日向野《ひがの》組の組長で、この株式会社エルデコンサルティングは墨谷会のフロント企業になる」

「フロント、企業……？」

「ヤクザの息がかかった、関連会社ってことだ。ちなみに昨日前村さんに絡んだ奴《やつ》らが途中で逃げたのは、俺がどういう人間か気づいたからだよ」

紗雪の手のひらに、緊張でじっとりと汗がにじむ。

これまで〝ヤクザ〟といわれる人種に関わったことはなく、どういうふうに反応していいかわからなかった。しかもそれがかつての同級生であるとは、にわかには信じられない。

（もしかして冗談なの？　でも三辻くん、さっきまでと全然雰囲気が違う……）

この場から逃げ出そうにも、ソファに押し倒されている上に腰に跨《また》がられていて、身動きが取れない。そんな紗雪を見下ろし、三辻が言った。

「前村さんは叔母と男に騙されて無一文になり、今はしがない事務員をしていると言った。でもさっき説明したとおり、俺は二人の現在の動向を探ることができる。だから君が自分で選んでよ」

「選ぶ……？」

「ああ。今すぐここから逃げ帰って負け犬人生を送るか、俺の〝ペット〟になって復讐するかだ」

彼の目は現状を面白がるような、それでいて酷薄な色を湛《たた》えていて、その様子を見た紗雪はゾクリとする。

それはこれまで出会ってきた人間にはないもので、三辻が本当に裏社会に属する者なのだと、ふいにストンと腑《ふ》に落ちた。

（どうしよう……わたし）

今さらながらに、目の前の男が怖くなる。

彼の言うとおり、一人でのこのことこんなところに来たのが間違いだった。中学時代から不穏な噂があったにもかかわらず、十二年ぶりに再会した三辻が昔とは違って柔和な印象になり、まるで大企業の御曹司のように品よく穏やかに見えたため、すっかり信用してしまった。

（わたし、三年前と全然変わってない。あのとき匡平さんの優しそうな見た目に騙されて何もかも失ったはずなのに、またこんな……）

心に渦巻いたのは、怒りとも失望ともつかない複雑な気持ちだった。

世間知らずで浅慮だから、自分はこうして何度も同じ過ちを繰り返す。力のある者に利用され、一方的に奪い取られて、用が済んだらボロ雑巾のように捨てられるのだ。

そんな自分が惨めで腹立たしく、情けない気持ちでいっぱいになる一方、彼の言葉に心が揺れた。

（確かに今のわたしは、負け犬だ。匡平さんに騙され、礼子叔母さんにすべてを奪われたのを恨みながら、何もできずにただ無為に毎日を生きてきた。でも、もし二人に復讐ができたら……）

そうしたら、この先の人生を前を向いて歩めるのではないか。

過去のしがらみを断ち切り、誰かに利用されるのではない自分なりの生き方を選べるのではないか――そんな思いがこみ上げ、紗雪は自分の上に覆い被《かぶ》さる三辻を食い入るように見つめる。

そして押し殺した声で問いかけた。

「あなたの〝ペット〟になったら……本当にわたしの復讐の手伝いをしてくれるの？」

「うん。ちょっと興味をそそられたから、手伝ってやってもいい」

「具体的に、どうすればいいの」

するど彼が、紗雪の身体を眺めて答える。

「どうせ金はないんだろうから、この身体を使って俺を愉《たの》しませてよ。できる？」

まるで「そんな覚悟はないだろう」と言わんばかりにせせら笑う口調で問いかけられ、紗雪の中の反発心に火が点《つ》く。

三年前に匡平と交際していたとはいえ、紗雪は彼と身体の関係がなく、二十七歳の今も処女のままだ。しかし今現在つきあっている相手はおらず、ならば三辻に身を任せて礼子と匡平に復讐する手伝いをしてもらえばいいのではないかという思いが心に渦巻く。

(そうだよ。逆にわたしが、三辻くんを利用してやればいい。あの二人に仕返しができるなら身体を使うくらい何でもないし、やられたままでいるのはもう嫌だ)

奪われるのではなく、この身体を〝与えて〟やる。

上手く三辻を籠絡《ろうらく》して骨抜きにすることができれば、彼はこちらが欲しい情報を集めてくれるはずだ。そう考えた紗雪は意を決し、目の前の三辻の首に両腕を伸ばす。

そして彼の頭を引き寄せ、ささやいた。

「──わかった。わたしの身体を好きにさせてあげる」

「………」

「だからあなたは、わたしに協力して。二人に復讐できるように」

それを聞いた三辻がじっとこちらを見つめ、やがて小さく噴き出す。

「もしかして、『ヤらせるだけで情報をもらえるなら、安いもんだ』って思ってる？　……ずいぶんと嘗《な》められたもんだ」

その口調はあっさりとしていながらもどこか獰猛《どうもう》な響きがあり、紗雪はヒヤリとする。「あの……」と口を開こうとしたものの、彼はそれを遮るように言った。

「だったら早速、前村さんの覚悟を証明してもらおうかな」

「あ……っ！」

三辻の手がスカートをまくり上げ、ストッキングに触れる。

容赦のない力でそれが引き下ろされ、ビリッと伝線する音がして、紗雪は息をのんだ。次いで下着も一気に脱がされて床に放られ、前戯も何もないその荒々しさに血の気が引いていく。

「や、三辻くん、待っ……」

慌ててスカートを押さえて秘所を隠し、紗雪は彼を制止する。

しかし三辻はこちらの抵抗を物ともせず、指で無遠慮に秘所を探った。花弁を割った指が蜜口から押し込まれ、引き攣《つ》るような痛みに紗雪は小さく呻《うめ》く。

「うぅっ……」

「全然濡れないな。しょうがない、だったら段階を踏むか」

そう独り言のようにつぶやいた三辻が、一旦指を引き抜く。

そしておもむろに身を屈め、紗雪の首筋を唇でなぞってきた。同時に彼の手が胸のふくらみを包み込み、やんわりと揉《も》んできて、女性とは違うその大きさにドキリとする。

「……っ」

首筋に触れる唇とかすかな吐息、そして手のひらの感触に、胸の鼓動が速まった。

三辻が服越しにいきなり胸の先を噛《か》んできて、ビクッと身体が跳ねる。視線を向けると彼の眼差《まなざ》しに合い、思いのほか近い距離に紗雪はひどく動揺した。

三辻が視線を合わせたまま胸の先を噛む歯にじわじわと力を込めてきて、次第にこみ上げる痛みに紗雪は顔を歪《ゆが》める。

「……っ、痛……っ」

思わず声を上げると、彼がニコッと笑って唇を離す。そして紗雪のカットソーに手を掛け、軽い口調で言った。

「これ、脱ごうか」

「あ……っ」

カットソーを頭から脱がされ、ブラも取り去られる。かろうじてスカートだけは穿いているものの、白昼のオフィスであられもない姿にされた紗雪は羞恥で頭が煮えそうになった。今さらながらに自分の選択を後悔し、ここから逃げ出したい気持ちにかられる。

(わたし、礼子叔母さんと匡平さんに復讐したいがために身体を投げ出すなんて、浅はかな選択をしてしまったのかもしれない。もう二十七歳だし、いつまでも処女を大事にしておくのも何だと思って、三辻くんの申し出を了承したけど……)

「あ……っ」

ふいに三辻が胸のふくらみをつかみ、先端に舌を這《は》わせてきて、身体が跳ねる。

彼の赤い舌がこれ見よがしに胸の先を舐め、そこが芯を持って尖るのがわかった。濡れてザラリとした舌が何度もそこを押し潰し、形をなぞる。そうするうちにじわじわと淫靡《いんび》な感覚がこみ上げてきて、紗雪は声を出すまいとして唇を噛んだ。

「……っ、ぅ……っ」

こんな状況でわずかなりとも感じてしまう自分が、許せない。

目の前の三辻は恋人でも何でもなく、ただの〝取引相手〟だ。そう考える紗雪をよそに、彼が胸の尖りを舐めながら笑って言った。

「前村さんの身体、きれいだ。最初はどうかと思ったけど、実際は感度もそう悪くないみたいだし、これなら結構愉しめそうかな」

「えっ……？」

三辻の右手がふいに秘所を探り、指先で蜜口を浅くくすぐられる。彼はすぐに指を引き抜き、それを紗雪に見せてきた。

「ほら。濡れてる」

「……っ」

窓からの光を反射して濡れ光る指を見た紗雪は、かあっと顔を赤らめる。

自分が気持ちのない行為でもたやすく感じる安い女だと言われた気がして、頭に血が上った。紗雪は目をそらし、ソファの上で身体を起こそうとしながら告げる。

「ごめんなさい。やっぱりわたし……」

「この状況で、逃げられると思ってる？　そんな都合よくはいかないよ」

微笑んで肩を押され、再び座面に横たえられた紗雪は、三辻に脚を大きく開かれて息をのむ。

彼が脚の間に顔を伏せ、花弁に舌を這わせてきた。あらぬところを這い回る生温かい舌の感触に驚き、紗雪は思わず三辻の頭を押しのけようとしつつ声を上げた。

「やっ、何……っ」

「俺にしては珍しく、優しくしてやろうとしてるんだよ。じっとして」

――それから紗雪は、長いこと彼の舌の動きに翻弄された。

三辻の動きは巧みで、敏感な花芽をじっくり舐め上げて紗雪の快感を引き出したあと、愛液を音を立てて啜《すす》ってわざと官能を煽《あお》る。痛みはなく、否応なしに引き出される快感に、経験のない紗雪はたやすく達してしまった。

「ぁっ、は……っ」

口元を拭った三辻が身体を起こし、自身のスラックスの前をくつろげる。

下着を引き下ろすと性器があらわになり、息を乱してぐったりしていた紗雪は思わず目を瞠《みは》った。まだ半ばほどしか兆していないにもかかわらず、彼のものは充分に大きく、その卑猥《ひわい》な形に頭が煮えそうになる。三辻の顔立ちがひどく端整である分、生々しい性器とのギャップが激しく、赤黒い色が凶悪さを際立たせていた。

自らの手で幹をしごきつつ、三辻が独り言のように言った。

「あー、しまった、避妊具《ゴム》がない。上着のポケットに入ってるけど、取りに行くのが面倒臭いな」

「……っ」

紗雪の心臓が、嫌なふうに跳ねる。

避妊具を着けずに行為をすれば妊娠するかもしれず、そんなのは冗談ではない。男のほうはそれでいいかもしれないが、女性の身体には大きなリスクがあるのだ。

ソファの座面に肘をつき、半身を起こした紗雪は、彼に向かって言う。

「あの、そんなの困るから。避妊具がないならわたし――」

しかし三辻は紗雪を見つめ、あっけらかんとした口調で言った。

「ま、なくてもいいか」

「えっ？　ぁ……っ」

膝をつかんで大きく脚を広げられ、秘所があらわになる。

強い羞恥をおぼえて急いで閉じようとしたものの、三辻が身体を割り込ませてきてそれは叶わなかった。彼が昂《たか》ぶりをつかみ、切っ先を蜜口にあてがう。

そのままぐうっと体重をかけられ、丸い亀頭がねじ込まれた瞬間、紗雪は声を上げた。

「んぁ……っ！」

隘路《あいろ》に押し込まれたものは硬く太く、強烈な圧迫感をもたらしながらじわじわと奥へと進んでいく。処女である紗雪には痛みが強く、三辻の腕をつかんで必死に訴えた。

「や、待って、止まって……っ」

すると彼が動きを止め、こちらを見下ろして得心がいったようにつぶやいた。

「あー、そっか。元彼とはプラトニックだったたって言ってたっけ。じゃあ前村さんは処女か」

「……っ」

「どうりで反応がぎこちないと思った。でもまあ、ここまでやったんだから途中でやめても意味ないよね」

あっさりした口調でそう言われ、紗雪は驚いて「えっ……」とつぶやく。三辻が笑い、改めて膝をつかんで言った。

「奥まで挿《い》れるよ」

彼が体重をかけ、太さのある肉杭がぐぐっと奥まで入り込んでくる。

いっぱいに拡《ひろ》げられた入り口にピリッとした痛みが走り、そこがわずかに裂けたのがわかった。灼熱《しゃくねつ》の棒を突っ込まれているような苦しさに、紗雪は三辻の腕をつかんで涙目で爪を立てる。

「うぅ……っ」

やがて彼のものが根元まで埋められ、互いの腰が密着して、紗雪は自分が処女を喪失したのを悟る。ポロリと涙を零し、浅い呼吸を繰り返す紗雪を見下ろしながら、三辻が熱っぽい息を吐いてつぶやいた。

「は……っ、狭い。考えてみると俺、処女とヤるの初めてかも」

わずかに腰を引いたあとにずんと深くを突き上げられ、脳天まで貫かれるような衝撃に紗雪は「んぁっ！」と声を上げる。

根元まで打ち込まれた剛直は硬く、ずっしりとした質量で体内でドクドクと息づいていた。そのまま律動を開始され、身体を揺さぶられた。

「あっ！　……はぁっ……ぁ……っ！」

腰を打ちつけられ、屹立《きつりつ》が何度も中を行き来する。

太い幹に拡げられる内部はじんとした熱を持ち、接合部がぬるつく感触からわずかに出血しているのがわかった。優しさなど微塵《みじん》も感じない動きで腰を打ちつけられ、勝手に喉奥から声が出る。

「あっ……んっ、……ぅっ……」

こんなふうに扱われる自分は、まるで道具だ――と紗雪は頭の隅で考える。

確かに自分は先ほど、復讐の協力と引き換えに三辻に抱かれるのを了承した。だが彼はこちらが処女だと知っていながら、行為を進めることにまるで躊躇いがない。むしろこちらの苦痛を愉しんでいるふうでもあり、抵抗できずにされるがままになる紗雪の心に渦巻くのは、現状に対する怒りだった。

（どうしてわたしばかりが、こんな目に遭うんだろう。ただ普通に生きたいだけなのに、どうして――）

父がいた頃は、幸せだった。母を早くに亡くしてしまったものの、父はその分、娘である紗雪に充分すぎるほどの愛情を注いでくれた。この先も何不自由ない生活がずっと続いていくのだと信じて疑わなかったのに、今のこの状況はどうだろう。

叔母の計略ですべてを奪われ、匡平には弄《もてあそ》ばれて、今は三辻に身体をいいようにされている。そうしてとことん人に踏みつけにされる自分が惨めで、同時に悔しさもあり、紗雪はぐっと唇を引き結んだ。するとそれを見た彼が律動を緩めないまま笑い、楽しそうに言う。

「いいね、前村さんのその面《ツラ》。クソ生意気で、いたぶり甲斐《がい》がある」

「ぁ……っ」

ふいにズルリと剛直を抜かれ、腕をつかんで上半身を引き起こされる。眼前に三辻の性器を突きつけられた紗雪は、ドキリとして息をのんだ。

「……っ」

それは隆々と天を仰ぎ、愛液の匂いをさせながらぬらぬらと光っていた。紗雪の後頭部を引き寄せた彼が、微笑みながら思いもよらないことを告げた。

「――咥《くわ》えて」

「えっ……」

「口でしろって言ってんだよ」

唇に亀頭を押しつけられ、ぬるりと滑る。これまでそんなことをした経験がない紗雪は、どう反応していいかわからなかった。すると焦《じ》れたらしい三辻が、強引に口の中に自身をねじ込んでくる。

「う……っ」

口腔《こうくう》を犯すそれは大きく、すべてを受け入れるのは難しい。

だが彼は容赦なく喉奥まで入れてきて、吐き気がこみ上げた。苦しさに三辻の身体を押し返そうとするものの、頭をがっちりとつかまれていて逃げ場がない。彼が頭上で言った。

「歯を立てるな。喉を開いて、表面に舌を這わせるんだ。……そう」

「……っ」

張り詰めた昂ぶりを喉奥まで入れられながら、紗雪は小さく呻く。

苦しくて吐き出したい気持ちがこみ上げるものの、彼は放さない。より強く腰を押しつけられ、紗雪は言われるがままに舌を這わせ始めた。

「うっ、……んぅ……っ……ふ……っ」

舌に力を込めることで屹立が喉奥までいかないようにしつつ、屈辱で目に涙がにじむ。

いっそ咥えさせられた性器を噛みちぎってやりたいくらいだったが、実際にそうする勇気はなかった。せめてできる反抗として、紗雪は眼差しに力を込める。涙でいっぱいの目で三辻を見上げると、彼が鼻で笑って言った。

「へえ、この状況でそんな目ができるなんて、勇気があるね。面白い」

「……っ」

一度喉奥まで深く昂ぶりを押し込んで紗雪を呻かせたあと、三辻が剛直を引き抜く。口腔を圧迫していたものが出ていくのにホッとしつつ、紗雪は口元を押さえて嘔吐《えず》いた。そんなこちらをよそに、彼が自身のベストを脱ぎ、ワイシャツのボタンを暑そうに外す。

顔を上げた紗雪は、三辻の身体を見て息をのんだ。

「……あ……」

はだけたワイシャツの下にあるのは、鍛え抜かれた上半身だけではない。胸から腕にかけて和彫りの刺青《いれずみ》があり、紗雪の心臓が嫌なふうに跳ねた。

「三辻くん、それ……」

「言っただろ。俺の親父はヤクザで、この会社はフロント企業なんだって。つまり俺も、カタギじゃないってことだ」

彼自身がヤクザであることがわかり、紗雪の顔から血の気が引いていく。

これまで本物の刺青を間近で見たことはなく、その迫力に圧倒されていた。そんな紗雪をソファに押し倒し、三辻が上に覆い被さってくる。彼はこちらの片方の脚を抱え上げ、再び昂ぶりを挿入してきた。

「うぅっ……」

硬く張り詰めたものが体内に埋められていき、紗雪はその大きさに呻く。

内壁が中を穿《うが》つ楔《くさび》の太さや熱さ、表面に浮いた血管までつぶさに伝えてきて、思わずきつく締めつけてしまった。すると三辻が笑い、腰を密着させつつ言う。

「まだここからだ。俺を愉しませるために、いい声で啼《な》いてよ」

——そこからの彼は、さらに容赦がなかった。

壊れるくらいの勢いでガツガツと突き上げ、無意識に逃げを打つ紗雪の身体を強引に引き戻す。

最初に感じた痛みはもうなかったものの、何かを考えることもできないほどの激しさに、紗雪はただ声を上げるしかなかった。

「はぁっ……うっ……あ……っ」

抵抗できないほどの圧倒的な力で、三辻は紗雪の心も身体も蹂躙《じゅうりん》していく。

身体を裏返されて後ろから貫かれるとより深く楔が入り込み、切羽詰《せっぱつ》まった声が漏れた。快感などないはずなのに動かれれば愛液がにじみ出し、接合部がぬるぬるになっているのがわかる。

「あ……っ」

ふくらみの先端を痛いほど摘まれ、彼を受け入れたところがビクビクとわなないた。

背後から覆い被さった身体は重く、三辻の呼吸が首筋にかかって、獣のような姿勢で犯されながら紗雪はソファの座面にやるせなく頬を擦りつける。すると彼がこちらの両肘をつかみ、後ろから強引に上体を引き起こして、そのまま激しく腰を打ちつけた。

「あっ、あ……っ！」

律動で胸のふくらみが揺れ、肌同士がぶつかる鈍い音が響く。三辻が熱い息を吐き、背後でささやいた。

「――そろそろ出すよ」

「やぁっ……！」

このまま中で、射精されたくない。もし妊娠でもしたら、一体どうするのか――そんな恐怖で必死に身をよじるものの、彼は物ともしない。

硬い性器が何度も隘路を行き来し、中を突き上げる。やがて三辻が根元まで自身を埋め、最奥で射精した。

「あ……っ」

熱い飛沫《ひまつ》がドクリと放たれるのを感じ、紗雪は目を見開く。

二度、三度と突き上げるたびに彼が吐精するのがわかって、内襞がそれを啜るように蠢《うごめ》いた。すべてを紗雪の体内に吐き出した三辻が、充足の息をつく。楔が引き抜かれ、ソファの座面に崩れるように倒れ込んだ紗雪は、絶望が心を真っ黒に塗り潰していくのを感じた。

（本当に、中に出された。……嫌だって言ったのに）

蜜口から白濁が溢《あふ》れ、ぬるりとした感覚が不快で思わず顔を歪める。

そんな紗雪から離れ、彼がデスクに向かって歩いていった。床に落ちた服を拾い上げて胸元に引き寄せていると、ふいに目の前に小さな箱を落とされ、顔を上げた紗雪は小さく問いかける。

「これ、何……？」

「アフターピル。なるべく早く服用したほうが効果は高いっていうから、さっさと飲んで」

まさか三辻がこんなものを持っているとは思わず、紗雪は唖然とする。

しかし妊娠するのはまったく本意ではなく、無言で箱を開けた。中にはＰＴＰ包装された錠剤が一錠だけ入っており、彼が手渡してきたペットボトルの水で服用する。

（さっき「避妊具がなくてもいいか」って言ってたのは、もしかしてアフターピルがあったから？　こんなものを普通に持ってるなんて、この人はわたしにしたようなことを他の人にもしてるのかもしれない）

再会したときの爽やかな印象から一転、紗雪にとっての三辻はすっかり得体の知れない人物になっていた。

御曹司のようにノーブルな雰囲気は表向きだけで、きっと彼の内身は中学時代から何も変わっていない。むしろ大人になった分、余計に厄介さが増していて、近づくのは危険すぎる。

（でも……）

ダークサイドにいる三辻なら、より詳しく叔母と匡平の身辺を探ることができるのではないか。

ここまでどん底に突き落とされたのだから、もうこれ以上の下はないだろう。ならばたった今自分を好き放題に蹂躙した〝対価〟を、彼に求めてもいいはずだ。

そう考えた紗雪は、手の中のペットボトルをぎゅっと握りしめる。そして顔を上げ、デスクの近くにいる三辻を見つめて告げた。

「――さっきの話だけど、わたしはやっぱり叔母と成塚匡平に復讐したい。あの二人に、わたしから全部を奪った仕返しをしてやりたくてたまらないの」

「………」

「三辻くんは、わたしが〝ペット〟になれば復讐を手伝ってくれるって言った。この身体でよければ、今みたいに好き勝手に扱ってくれて構わない。だから約束を守って」

彼が感情の読めない眼差しで、こちらを見る。

おざなりにスラックスを上げ、ワイシャツの前をはだけた三辻には、気怠《けだる》い色気があった。わずかに乱れた髪や整った顔、鍛え上げた腹筋はまるでモデルのようだったが、シャツの下にある刺青が獰猛さを醸し出している。

（本当は、この人が怖い。普通に生きていきたいと思うなら、絶対に接点を持たないほうがいい人間なんだってわかってる。……でも）

三年ぶりに叔母と匡平の姿を目撃し、二人が繋がっていたことに確証を得た瞬間、紗雪の心には激しい怒りがこみ上げた。

父を殺して自分からすべてを奪った人間が、のうのうと生きているのが許せない。どうにかして彼らを断罪したいものの、警察に訴えても無駄であるのは既に実証済みだ。

ならば三辻の力を借り、礼子が前村家具を不正に奪った事実を暴きたい。そして自分を騙して相続を放棄させた匡平にも、思い知らせてやりたくてたまらなかった。

そんな紗雪を、三辻がじっと見つめてくる。その瞳には得体の知れない色があり、背すじがゾクリとしたものの、紗雪は意地で彼から視線をそらさなかった。

すると三辻がふっと笑い、ゆっくりとこちらに歩み寄ってくる。そしてソファの座面にしどけない姿で座り込む紗雪を見下ろし、頭をポンと叩《たた》いて言った。

「わかった。前村さんが俺を飽きさせないなら、二人のことを調べてやる。――その代わり〝ペット〟として俺を満足させてよ」

第二章

株式会社エルデコンサルティングは二年前に開業し、丸の内にオフィスを構えている。事業内容はクライアントの希望に応じたM＆Aの企業の選定、デューデリジェンスなどを総合的に進行するファイナンシャル・アドバイザリーが主だ。

M＆Aには企業同士の合併や事業譲渡、株式の取得で経営権を取得する方法などがあるが、いずれにせよそれぞれのケースに応じた仲介と提言を行い、最適なプロセスを策定していくことが求められている。

三辻嵩史は大学時代に公認会計士の資格を取得し、以来二つのコンサルファームで実績を積んだあと、二十五歳でエルデコンサルティングを開業した若き経営者だ。人目を引く端正な容姿と穏やかな物腰、丁寧な仕事ぶりで、業績を右肩上がりに伸ばしている。

しかしその実態は、指定暴力団墨谷会のフロント企業だ。一般企業相手の仕事を隠れ蓑《みの》に、裏では組関連の経済《シノギ》活動の相談や法的な抜け道についてアドバイスをしており、毎月かなりの金額の上納金を収めている。

その日、三辻はクライアントである建設会社に商談に赴き、会社に戻ろうとしていた。このあとの段取りを考えながら秘書の田名《たなと》と車を停めたパーキングに向かって歩いていると、ふいに彼が小さく「嵩史さん」と呼びかけてくる。

顔を上げると、行く手には紺のスーツ姿の五十代の男がいた。暑そうに団扇《うちわ》で扇いでいる彼がこちらを見つめ、「よう」と馴《な》れ馴れしく呼びかけてきて、三辻は田名に小さな声で言う。

「先に車に戻っててくれ」

「わかりました」

田名が去っていき、男がこちらに歩み寄ってくる。そして田名の後ろ姿を見やりながら三辻に問いかけてきた。

「いいのか？　あの兄さんがいても、俺は全然構わないが」

「彼は仕事の秘書で、俺のプライベートには関係ありませんから」

「そうかい」

三辻が近くにある喫茶店に足を向けると、男がついてくる。

レトロな雰囲気の店内にはコーヒーの香りが漂っていて、数名の客がいた。奥の席に座り、「アイスコーヒーを二つ」というオーダーを聞いた店員が背を向けたタイミングで、三辻は口を開く。

「わざわざ俺のところにやって来るなんて、佐波《さなみ》さんはずいぶんと暇なんですね。あなたの興味を引くような話は、残念ながら何もありませんよ」

「そんなことないさ。しばらくお前の顔を見ないと落ち着かなくてな、何せ息子みたいなもんだから」

それを聞いた三辻は、無言で微笑みつつ内心毒づく。

(何が息子だ。昔から知ってるだけのくせに)

彼——佐波俊一《しゅんいち》は、警視庁組織犯罪対策部に所属する刑事で、いわゆる〝マル暴〟といわれる人間だ。

警視庁に入庁以来、組織犯罪対策課や本所《ほんじょ》警察署組織犯罪対策課などを経て、現在も現場に立ち続ける現役の刑事で、三辻とは十年以上前から接点があり、こうして定期的に会いに来る。

佐波がこちらを見つめ、ニヤリとして言った。

「しかしこうして見ると、昔やんちゃをしてた頃が嘘《うそ》みたいだなあ。あのクソガキが、変われば変わるもんだ」

彼と最初に会ったのは、中学二年生の秋だ。路上で喧嘩《けんか》をして補導されたとき、三辻は本所警察署で仲間とは別の部屋に呼ばれ、そこにいた佐波に突然「お前、日向野亘宏《のぶひろ》の息子だろ」と言われた。

マル暴といわれる者たちは暴力団捜査に関わる都合上、暴力団内部の人間関係を徹底的に調査している。かつてはヤクザと誼《よしみ》を通じ、組事務所で茶飲み話をしながら情報収集をしていたというが、暴排条例が施行されて以降はそういうわけにもいかない。ヤクザのほうも警察との接触を厳禁している組が多く、名刺も一切渡さない中で情報を集めるのはかなり地道な作業だ。

三辻の母親の瑠末《るみ》は日向野と入籍しておらず、生まれた息子は婚外子という扱いだったが、佐波は独自の情報網で血縁関係に気づいていたらしい。彼が笑って言った。

「あの頃のお前は荒《すさ》んだ目をしてて、あちこちで乱闘事件を起こしてたっけな。それが高校進学と同時に見違えるように更生して、いい大学に入り、在学中に公認会計士の資格を取ったって聞いたときは驚いた。二十五かそこらで開業して都心にオフィスを構えて二年、今や品のいい若社長だ」

「…………」

「経営コンサルタントっていうのは、企業の経営指南をするんだろ。今日行っていたのはどういう会社なんだ？」

「守秘義務がありますので」

「お前は墨谷会直参、日向野組組長の息子だ。カタギぶってるのは表向きで、実際は組関連のシノギに関わってるんじゃないのか」

女性店員がアイスコーヒーを運んできて、それぞれの目の前に置く。

「ごゆっくりどうぞ」と言って去っていくのを横目に、佐波の目をまっすぐに見つめた三辻は、ニッコリ笑って言った。

「確かに俺は日向野亘宏の息子ですが、父の組はおろか、墨谷会にも一切関わっていません。もう何度もそうお話ししたはずですが」

彼が定期的に三辻の元に現れるのは、エルデコンサルティングが墨谷会のフロント企業ではないかと疑っているからだ。

昔からヤクザは金を生むためにさまざまな事業に関わり、その儲けの一部を組織の活動資金として吸い上げてきた。しかし最近のフロント企業は巧妙化し、なかなかその匂いを感じ取るのは難しい。

カタギのふりをしたフロント企業の拡大に伴い、ヤクザと一般社会は意図せずにその関係を深めてしまっている。最近はカフェやケーキ店、都心から車で一時間ほどの郊外にあるファミリー向けの娯楽施設を運営しているのがヤクザだったり、子どもから大人までにぎわうカードゲームショップも広域組織の直営店だったりと、実に幅広い。

佐波は三辻がエルデコンサルティングを開業したときから墨谷会との繋がりを疑い、実際にいろいろと探っているようだが、経営は表向き至ってクリーンだ。

三辻自身、父親の日向野の籍には入っておらず、組の誰からも盃を受けていない。つまりヤクザの息子であってもカタギとして活動しており、佐波はこちらを暴力団の構成員としては扱えず、あくまでも〝昔馴染みの様子を見にきた〟という体でしか話せない状態だった。

彼が探るような眼差しで、じっとこちらを見る。店内には抑えた音量でＢＧＭがかかり、目の前のアイスコーヒーのグラスの中で氷がわずかに動いた。

三辻が穏やかに視線を返すと、佐波がふっと気配を緩める。そしてストローを使うことなくグラスの中身を飲み、ぼやく口調で言った。

「まったく食えねえ奴だな。俺の勘では、お前はヤクザの世界に充分足を突っ込んでるはずなんだが」

彼の目はさりげなくこちらの拳に注がれており、人を殴った形跡がないかどうかを確かめているのがわかる。しかし三辻の手は傷ひとつなくきれいで、微笑みながら告げた。

「偏見ですよ」

「ま、今はそういうことにしといてやるわ。でもな、三辻」

彼が一旦言葉を切り、念を押すように告げた。

「怪しい兆候を見つけたら、いくらガキの頃から知ってるお前でも俺は容赦なくしょっ引くからな。よく覚えとけ」

「刑事さんが、一般人を脅迫ですか?」

「世間一般の二十七歳は、ようやく一人前になりかけたくらいだ。そんな肝が据わった目をしてねえんだよ」

それからしばらく、他愛《たわい》のない世間話に花を咲かせた。

やがてアイスコーヒーを飲み干した佐波が、懐から財布を取り出す。三辻は笑顔で言った。

「ここは俺が払いますよ」

「馬鹿、利益供与になるだろ。割り勘だ」

アイスコーヒー代の七百円をきっちりテーブルに置き、彼が「じゃあな」と言って去っていく。

それを見送った三辻は、レジで会計をして外に出た。六月も半ばに差しかかろうというこの時季、よく晴れた空から降り注ぐ日差しは夏を思わせるほど強く、気温もぐんぐん上がっている。

車を停めたパーキングに向かって歩き出しながら、三辻は小さくため息をついた。

(おっさんにつきあって、十五分のロスか。毎回こっちの都合も考えずにやって来るんだから、本当に性質《たち》が悪い)

しかしああして疑いの目を向けてくる警察を上手くあしらうのも、仕事のうちだ。

佐波の〝勘〟は間違いではなく、三辻はヤクザ稼業にどっぷり浸かっている。組関係者に対してシノギのアドバイスをする一方、半グレ集団を上手く使って取り立てやネット事業をやらせるなど、本来のコンサルティング業以外でも莫大な金を稼いでいた。

パーキングに到着すると、停車した車から田名が出てきて問いかけてくる。

「お疲れさまです。佐波刑事、何か言ってましたか？」

「いや。相変わらず、俺の仕事に探りを入れてきただけだ。このあいだ仮想通貨の金を持ち逃げしようとした奴を追い込んだ件については、何も気づいていないようだったな」

今やヤクザというだけで何をしても逮捕されてしまうため、シノギは地下に潜って実態がわからなくなっている。

以前は暴力団の構成員が経営していた会社を親族に任せたり、仲のいいカタギにやらせたりと、実質的にはフロント企業でも登記上に出てこなくなっているのだ。

仮想通貨はその典型で、割のいいシノギとなっている。日本では不正流出事件の影響で仮想通貨熱は下火となっているものの、中国では富裕層の資産隠しの目的で需要が高い。

だが中国当局によって取引が制限されているため、日本で仮想通貨を仕入れて中国人に売るというビジネスが成り立っていた。三辻もこちらのウォレットから中国人のウォレットに通貨を移すだけの相対取引で儲けたり、不正に盗み取ったものを横流ししたりという作業を半グレ集団にやらせていたが、売上を持って逃げようと企んだ者が二人いて、つい先日半殺しにしたばかりだ。

てっきり佐波がやって来たのはその事件のせいかと思ったものの、そうではなかったらしい。逃げようとした二人はとことん痛めつけ、「もしこちらのことを警察にたれ込んだら、お前らの家族の無事は保障しない」と脅したため、黙っていたようだ。ちなみに彼らに暴力を振るったのは三辻自身だが、拳にあらかじめネクタイを巻いていたため、手には傷ひとつついていない。

後部座席に乗り込むと、田名が車を発進させる。丸の内にある会社まで戻る道中、車窓から外を眺めながら、三辻はぼんやりと考えた。

(必要に迫られてあの二人を半殺しにしたけど、しばらくはおとなしくしておかないとな。足がつきそうな行為は、極力慎まないと)

三辻が表向きは組に関わらず、カタギを貫いているのは、そちらのほうが動きやすいからだ。

そもそもヤクザ稼業は斜陽で、未来はない。警察は一般人との密接交際や利益供与のチェックに血道を上げており、包囲網は狭まる一方だ。

そんな状況の中、普通の会社や半グレ集団などは暴力団ではないため、暴対法も暴排条例も対象外で動きやすい。三辻は大学時代に父をそう説得し、表向きは組と無関係のフロント企業を興して、今に至る。

(ま、身体に刺青が入っている時点で、そんな誤魔化しも通用しなくなるけどな)

自嘲的に笑った三辻は、ふと前村紗雪のことを思い出す。

中学時代の同級生である彼女と偶然再会して、二週間余りが経《た》つ。新宿の路地を歩いていたところ、女に絡んでいる顔見知りの男二人を見かけて声をかけた。

紗雪の顔を見た瞬間、三辻は彼女のことをすぐに思い出した。とはいえ二年間同じクラスだったものの、会話をした記憶はほとんどなく、当時荒れていた三辻と紗雪はほぼ対極の位置にいた。

(……あんなに雰囲気が変わってるとはな)

前村家具といえば業界二位のシェアを誇り、家庭向け家具の製造から卸《おろし》までを手掛ける有名企業だ。その社長令嬢である紗雪はきれいな顔立ちと明るい性格の持ち主で、それなりの家庭の子どもが集まる私立中学の中でも存在が際立っていた。

愛されて育ったがゆえの天真爛漫《てんしんらんまん》さを持つ彼女はいつも人の輪の中にいたが、十二年ぶりに再会したときは当時の片鱗がまったくなく、地味で人を寄せつけない雰囲気になっていて驚いた。

聞けば紗雪は三年前に父親を亡くし、叔母に会社と財産、屋敷まですべてを奪われてしまったという。それに手を貸したのが初めてつきあった恋人で、しかも父の死には他殺の可能性が疑われたものの、警察に行っても対応した刑事に「考えすぎだ」と言われたらしい。

それを聞いた三辻は、「面白い」と考えた。

（話を聞くかぎりでは、叔母がすべてを奪うために紗雪の父親の死を画策したのは間違いない。しかも男を使って彼女に相続放棄させ、本来自分に権利がないはずの家や遺産までまんまと手に入れてるんだから、あらかじめ計画していたと考えるのが自然だ）

上手く言質《げんち》を取ることができれば、前村礼子はこちらに相当な口止め料を弾むだろう。

そう考えた三辻は、紗雪に協力を持ちかけた。本当は彼女に同情したわけでも何でもなく、目的は金だ。前村家具ほど大きな会社が相手なら、相当な金額を引っ張れる。ましてや複数の犯罪が絡んでいるのだから、それを公表すると強請《ゆす》れば億もいけるネタに違いない。

対価として紗雪の身体を要求したのは、興味をそそられたからだった。かつては健やかでいかにも幸せそうだった令嬢が、今は鬱屈して陰気な雰囲気を漂わせている。その変貌ぶりに、「セックスのときはどんな反応をするのか」と考えた。

（俺が自分の身体を要求するなんて、紗雪はつゆほども想像してなかったんだろうな。こっちがヤクザだってわざわざ先に教えてやったのに、「身体を与えて、情報をもらえるなら」って思うところが、浅はかというか何というか）

とはいえ、あのときの自分はかなり手心を加えてやったほうだ。

三辻にとっての異性は昔から性欲解消のための相手にすぎず、気遣いの欠片《かけら》もない抱き方をするのが常だった。そのため、こちらの容姿や地位に惹《ひ》かれて寄ってくる女は多くても、いつも長続きはしない。

それなのに紗雪に対しては何となく優しい抱き方をしてしまった理由を、三辻は考える。

(中三のときのことを思い出したから、柄にもなく優しくしたのかな。……紗雪は何も覚えていないだろうけど)

そんなふうに考え、三辻は車窓から外を眺める。

自分に抱かれたあとの紗雪が怖気《おじけ》づき、〝ペットになる〟という話を反故《ほご》にしても三辻的にはまったく構わなかったが、彼女は逃げずに自分から「叔母と成塚匡平に復讐する手伝いをしてほしい」と申し出てきた。

温室育ちの元令嬢で打たれ弱いのかと思いきや、紗雪には意外な芯の強さがある。父を殺された恨みが根源的にあるからかもしれないが、彼女がときおり見せる眼差しには「踏みつけにされたくない」という強い意志がにじんでおり、三辻は「へえ」と思った。

(あのクソ生意気な目は、いいな。他の女みたいに媚《こ》びたりしないところが、意外性があって面白い)

胸ポケットからスマートフォンを取り出した三辻は、紗雪にメッセージを送る。「会社まで来て」という内容を送ってから時刻を確認すると、午後三時過ぎだった。

彼女の仕事は平日のみで、毎日だいたい夕方五時半に終わり、三辻のオフィスまでは公共交通機関を使って四十分ほどの距離だ。紗雪が来るであろう時間まではまだ余裕があり、田名が運転する車で会社に戻った三辻は仕事をこなす。

午後五時を過ぎると、従業員たちが次々と席を立って社長室を覗《のぞ》き込み、声をかけてきた。

「社長、お先に失礼します」

「お疲れさま」

エルデコンサルティングは三辻を筆頭に、公認会計士が二人とアシスタントが一人、事務員が一人と秘書の田名という、こぢんまりとしたオフィスだ。

彼らは三辻の素性をまったく知らず、ここを普通の会社だと思っている。裏帳簿は田名が管理しており、金の流れを表の仕事ときっちり分けていた。

従業員たちが退勤していったあとも、三辻には資料の読み込みやクライアントにプレゼンをするための論点整理など、やることは山積みだ。午後六時過ぎ、田名が部屋の戸口で言った。

「前村さんがそろそろ来る頃ですから、俺はもう帰ります」

「別にいてくれても構わないけど」

「人の情事を覗く趣味はありませんので。先ほど、村手《むらて》組の姐《ねえ》さんに誕生祝いの花とプレゼントを送っておきました」

「ああ。ありがとう」

彼はフルネームを田名和久《かずひさ》といい、三辻の側近だ。

元々は日向野組の部屋住み、つまり住み込みの雑用で、三辻の目付け役だった。寡黙で知的な雰囲気がある彼はパッと見はヤクザに見えないものの、目端が利き、肝も据わっている。

墨谷会とのパイプ役を務めており、三辻が組幹部と会うときに警察にばれないような場所をセッティングしたり、彼らとの関係を円滑にするための付け届けをしたりと気が利いていて、口数は多くないものの実直な部分に全幅の信頼を置いていた。

田名が退勤していき、一人になった三辻は仕事を続ける。しばらく集中してふと時刻を確認すると午後七時半になろうとしていて、それを見た三辻は「もしかして、逃げたかな」と考えた。

(五時半に仕事が終わったなら、遅くても六時半にはここに着いていなきゃおかしい。俺が送ったメッセージは、既読にはなってるみたいだけど)

この二週間余り、三辻は三日に一度くらいの頻度で紗雪を呼び出して抱いていた。

彼女は叔母と成塚匡平に関する情報を得るためにこちらに身体を差し出しており、自分たちは決して恋愛関係ではない。元々箱入り娘だった紗雪は成塚が初めての交際相手だったらしく、それもプラトニックだったようで、三辻に抱かれて処女を喪失した。

その後も態度はぎこちなく、性技に長《た》けているわけではないものの、極上の顔と身体がそれを補っている。

（あれだけきれいな顔なんだから着飾れば見栄えがするだろうに、わざわざ地味な恰好をしてるなんて、本当に底辺の暮らしをしてるんだろうな。まあ、今まで余計な虫がつかなかった分、調教し甲斐があるけど）

もしこのまま紗雪が来なかったら、どうするか——と三辻は考える。

そもそもこの〝契約〟は前村家具から金を引っ張れるという勝算の元に引き受けたものであり、彼女がいてもいなくても関係ない。自分なりに調査を進め、データが揃《そろ》ったところで先方にアプローチすれば、それなりの金が取れるだろう。

一方、紗雪に対しては執着めいた感情がこみ上げてきており、それが三辻を戸惑わせている。これまではどんな女が相手でも去る者は追わず、至って淡白な関係だった。いつにないこの気持ちが中三のときの思い出に起因しているのかと思うと、意外にセンチメンタルな考え方をする自分をひどく新鮮に感じる。

（もし紗雪が逃げたら、とことん追い込んでやる。二度と逆らう気が起きないように、きつめにヤキを入れてやらないと）

そんなことを考えながらパソコンのキーボードを叩いていると、オフィスの入り口でかすかな物音がする。視線を上げて数秒後、社長室の戸口に紗雪が姿を現した。

「遅くなってごめんなさい。急に残業になってしまって」

今日の彼女は白いブラウスにグレーの薄手のカーディガン、ベージュのスカートという地味な服装だ。急いで来たのかわずかに汗をかいていて、片方の手でそっと額に貼りついた前髪を直している。三辻はそれを見つめながら、微笑んで言った。

「俺を待たせるなんて、ずいぶんいい身分だね」

「帰り際に、突然仕事を頼まれたの。スマホはロッカールームに置いてるから、メッセージも送れなくて」

紗雪はそう言うものの、普通ならメッセージのひとつや二つくらい、トイレに行くふりをしていくらでも送れるはずだ。だがそれぞれの会社に事情があり、急いでここまで来たということは遅刻は本意ではなかったのだろう。

そう思いつつ、三辻は紗雪に向かって呼びかける。

「入り口のドアの鍵、閉めてきてくれた？」

「うん」

「じゃあ、こっちに来て」

彼女が躊躇いがちにこちらに歩み寄り、デスクの横で足を止める。三辻はキャスター付きの椅子を動かして紗雪に向き直ると、ニッコリ笑って命じた。

「——咥えて」

彼女がかすかに肩を揺らし、わずかに逡巡する様子で唇を引き結んだあと、床に跪《ひざまず》く。

そして三辻のベルトに手を掛け、スラックスのジッパーを下ろした。下着の中から取り出した性器はまだ兆しておらず、柔らかいままだ。それをつかんだ紗雪が顔を寄せ、先端をそっと口に含んだ。彼女の口腔は温かく、濡れた小さな舌がおずおずと亀頭を舐める。くびれをなぞり、丸みに沿うように舌を動かされると快感が湧き起こり、幹が次第に硬度を増した。大きくなってきたものを紗雪が一旦口から出そうとしたものの、三辻はそれを許さず、上からやんわり頭を押さえた。

「うぅっ……」

昂ぶりの先端が喉奥まで入り込み、彼女が呻く。そしてその状態のまま、懸命に舌を這わせ始めた。

「……ぅっ、……ん……っ」

初めのうちは口での行為に慣れておらず、性器に歯が当たったことがあった。そのとき三辻が「上手くできないなら、邪魔な歯を抜いちゃおうか」と冗談めかして問いかけたところ、本気にしたらしい紗雪は青ざめて首を横に振った。

それ以降、彼女は口でするときは細心の注意を払い、三辻の性器に自身の歯が当たらないように気をつけている。紗雪の表情を眺めつつ、三辻は彼女に命じた。

「紗雪、こっち向いて」

「……っ」

紗雪が視線だけを上げたものの、その瞳には隠しきれない屈辱がにじんでいる。それを見た三辻は、ゾクゾクとした興奮をおぼえた。

(嘘でも媚びた目をすれば手加減してもらえるかもしれないのに、紗雪のこの反骨精神は一体何なんだろうな。素直なのか、馬鹿なのか)

こんな眼差しを向けるのは、自分のような人間には逆効果だ——と三辻は考える。反抗されればされるほど、屈服させたくてたまらなくなるからだ。

彼女を見下ろした三辻は、笑って言った。

「俺から目をそらさないで。口に出すから、飲まずにそのまま精子を溜《た》めておくんだ。OK?」

紗雪がかすかに頷き、三辻はより激しく彼女の口腔を犯す。紗雪が苦しそうに呻き、こちらの太ももをつかむ手に力がこもった。喉奥に切っ先が当たるたびにそこがビクビクと痙攣《けいれん》して、三辻は得も言われぬ快感をおぼえる。

やがてひときわ奥に突き入れ、こみ上げる衝動のまま射精した。

「……っ」

ドクリと白濁を吐き出すと、紗雪が顔を歪める。

ありったけの精液を放った三辻は剛直を引き抜き、彼女の口に親指を入れて開かせた。すると口腔にドロリとした白い体液が溜まっていて、唇の端から溢《あふ》れて顎に滴っていく。その様子をじっくり鑑賞したあと、三辻は紗雪に短く告げた。

「飲んで」

「……っ」

紗雪が顔を歪めながらゴクリと口の中のものを嚥下《えんげ》し、すぐにゲホゲホと咽《むせ》る。

彼女の顔は涙と口の端から零れた精液で汚れていて、ひどく淫靡だった。三辻はその口元に半ば萎《な》えた自身を突きつけ、微笑んで言う。

「きれいにしてくれる？」

屈辱に満ちた表情で無言で性器をつかんだ紗雪が、再びそれを口の中に迎え入れる。

しばらく続けさせているうち、屹立が次第に勢いを取り戻してきた。やがてそれが明確に芯を持って勃《た》ち上がると、三辻はワークチェアから立ち上がって彼女の腕をつかみ、華奢《きゃしゃ》な身体をソファに押し倒す。

「あ……っ」

後ろから覆い被さり、スカートをまくり上げて下着の中に手を入れたところ、そこは既に潤んでいた。三辻は指で蜜口を探りつつ、紗雪の耳元でささやいた。

「濡れてる。俺のを口でしながら、挿れられたくてうずうずしてた？」

「違……っ」

「違わないだろ。こんなにぬるぬるにして」

前戯を施さなくても充分だと考えた三辻は、彼女の下着とストッキングを脱がせて自身の切っ先を蜜口にあてがうと、そのまま一気に腰を進めた。

「うぅっ……」

紗雪の中はみっちりと狭く、入り込む剛直をきつく締めつけてくる。

媚肉の抵抗を物ともせずに根元まで楔を埋めた三辻は、そのまま律動を開始した。内襞《うちひだ》が蠕動《ぜんどう》し、震えながら幹に絡みつく。何度か行き来するうちに愛液の分泌が増え、次第に動くのが容易になった。

「うっ……んっ、……う……っ」

後ろから揺さぶられる彼女は、ソファの座面にうつ伏せて必死に声を押し殺している。

その背中に覆い被さり、三辻は紗雪の耳元で言った。

「前にも言っただろ、声を出してって。何で我慢するの？」

「……っ」

「だったら、嫌でも声が出るようにしようか」

声に笑みをにじませ、上体を起こした三辻は、紗雪のウエストをつかんでずんと深く腰を打ちつける。

「んぁっ！」

最奥を突かれた彼女が声を上げ、身体をビクッと震わせた。そのまま激しい律動を開始すると、紗雪はすぐに余裕がなくなり、悲鳴のような声を上げる。

「あ……っ……うっ……あ……っ！」

「そうそう、いいよ、その調子」

「……ぁ……っ、もう少しゆっくり……っ」

「聞こえないなあ」

何度も腰を打ちつけられた彼女が、啜り泣きのような声を漏らす。ビクビクと震える内壁が絶妙な圧で楔を締めつけ、奥に行くほどきつくなる感覚は、今すぐ射精したいくらいに心地よかった。

紗雪の声が快感を助長し、三辻は興奮でより昂ぶりが張り詰めるのを感じる。接合部は愛液でぬるぬるになり、いっぱいに拡がった蜜口が根元まで楔を受け入れている様子がひどく淫《みだ》らだった。

彼女の腰をつかんで打ちつけながら、三辻は吐息交じりの声で言う。

「……そろそろ出すよ」

「ぁ、中は駄目……っ」

紗雪が後ろ手に腕を伸ばして必死に制止しようとするものの、三辻は動きを止めない。

彼女の切羽詰まった声に煽《あお》られ、じりじりと高まっていく射精感に息が乱れる。思うさま中を突き上げた三辻は、やがて根元まで屹立を埋め、熱を放った。

「……っ」

「あ……っ」

子宮口に切っ先を押し当てながら射精すると、内襞が啜るように蠢く。

隘路が断続的にわなないていて、紗雪も達したのがわかった。すべてを吐き出したあと、充足の息を吐いた三辻はやがて自身を引き抜く。途端にドロリと白濁した体液が溢れ、彼女の太ももを伝って流れていった。

「……中に出さないでって言ったのに……」

紗雪が息を乱しながら恨みがましい目を向けてきて、三辻はテーブルの上にあるティッシュで自身の後始末をしつつ答える。

「中出ししたときは、ちゃんとアフターピルを渡してるだろ」

「そういう問題じゃないでしょ」

ソファから下り、デスクの引き出しの中に常備されている箱を差し出すと、彼女が納得していない表情で受け取る。そして身支度を整え、「あの」と切り出した。

「わたしが頼んでいた件については、どうなってるの」

「どうって？」

「もう二週間も経つんだから、何かわかったことがあるんじゃない？」

スラックスのジッパーを上げ、ベルトを締め直した三辻は、デスクに戻ってワークチェアにドサリと腰掛ける。

そしてマウスを動かし、開いたままだったパソコンでひとつのフォルダをクリックして言った。

「前村家具の最近の経営状況だけど、あまりいいとはいえないみたいだ」

「えっ？」

「紗雪の父親が社長だった頃、前村家具は外国の超高級家具には劣るものの、国内マーケットではそれなりにいい位置にいた。価格が高くて庶民はなかなか手を出すのを躊躇うものだったけど、ブランディングとプレミア感が功を奏して業績はよかったんだ。しかし妹の礼子が社長になってから、業績が落ちてる」

焦った礼子は大胆な梃入《てこい》れをし、商品の価格を下げた。これまでの前村家具に比べると安いが、人気の大衆家具店に比べると高いという〝中間〟の層を狙ったのだと思われるものの、そうしたビジネスモデルが成功する例は実はかなり少ない。

そう説明し、三辻は言葉を続けた。

「より詳細な状況については、まだ調査中だ。俺は自分の仕事があって、その合間にしかできないから、時間がかかるのは仕方ない」

「……そう」

「成塚匡平については興信所に素性を洗ってもらってるけど、こっちも一ヵ月はかかるだろうな」

それを聞いた紗雪が、かすかに顔を歪める。

本当は前村家具については、片手間にしか調べていない。三辻は表のコンサルタント業と組関係の裏稼業で忙しく、それどころではないからだ。成塚匡平に関してもまだ興信所に調査依頼をかけていない状態で、どちらもまったく進展はない。

つまり紗雪は何の利もないまま、ただ三辻に食い物にされていることになる。復讐するために身体を差し出しているにもかかわらず、実は搾取されているだけという彼女の現状に、三辻は内心憐れみをおぼえた。

(馬鹿だな。安易にヤクザを信頼するから、そういうことになる。前にちゃんと忠告したのに、いまだにそれをわかっていないいんだから、所詮温室育ちのお嬢さまだ)

彼女が乱れた髪を手櫛《てぐし》で直すしぐさには、隠しきれない失望がにじんでいた。ソファから立ち上がった紗雪が自身のバッグを手に取り、三辻に向かって言う。

「じゃあわたし、帰るね。何か情報が入ったら連絡して」

「ああ。わかった」

＊　＊　＊

入り口のガラス扉の鍵を開け、廊下に出る。エレベーターに向かって歩き出しながら、紗雪はかすかに顔を歪めた。

(本来はお金がかかることを頼んでいて、しかも三辻くんは忙しいいんだから、すぐに結果が出ないんだってわかってる。でも、これじゃあ……)

身体の奥には、先ほどの行為の余韻が色濃く残っている。

三辻に再会し、復讐に協力してもらうことの見返りに彼に抱かれるようになってから、二週間余りが過ぎていた。紗雪は三日に一度の頻度で彼のオフィスまで呼び出され、三辻の〝玩具《おもちゃ》〟

にされる。

彼のセックスは、刺激的だ。恋愛経験のないこちらへの気遣いは一切なく、毎回嵐のように激しい動きに翻弄される。それは三辻がヤクザだからというのもあるのかもしれないが、文字どおり玩具のごとく扱われる紗雪の心は、深く傷ついていた。

(三辻くんなんて、大っ嫌い。毎回わたしの身体を好き勝手して、あんな――)

紗雪が初めて交際した相手である成塚匡平は、とにかく優しかった。

三辻も表向きの顔は優しいが行為のときは真逆で、紗雪は毎回受け止めるだけで精一杯だ。こちらの羞恥も矜持も何もかもを奪い尽くすような抱き方には、何度しても慣れない。嫌でたまらないのに逆らえず、圧倒的な力で征服されるのは精神を摩耗させ、本音を言えば彼にはもう会いたくなかった。

しかも三辻は暴力団組長の息子で、フロント企業として深く関わっているという。実際に彼の身体にはいかにもヤクザらしい刺青があり、そういう人間に対する恐怖も強くあった。

(でも……)

紗雪が自分の力で礼子と成塚を追い詰めるのは難しく、三辻の力を借りるしかない。

三年ぶりに二人の姿を目撃して以降、紗雪の心には彼らに対する復讐心が強く渦巻いていた。ならば早く三辻に調査結果を出してもらい、かかった費用を返済した上で彼との縁を切りたいところだが、なかなかそうもいかないのが現状だ。確かに三辻は自分で会社を経営しており、仕事が忙しいのは容易に想像ができて、こちらの都合につきあわせることに申し訳ない気持ちがこみ上げる。

（だからって三辻くん、好き勝手しすぎてる。「やめて」って言ってるのにほぼ毎回中に出すし）

下着の中のぬるつく感じが気持ち悪く、紗雪は顔を歪める。

体内で果てたあと、彼は必ずアフターピルをくれるが、だからといってこちらの同意も得ずに好きにしていいはずがない。初めて抱かれたときに危機感をおぼえた紗雪は、翌日にすぐ婦人科を受診し、低用量ピルを処方してもらった。

以来欠かさず服用しているものの、ごくわずかだが妊娠の可能性があると医師に聞かされ、気が気でなかった。そもそも恋人ではない相手と抱き合うことがおかしいのだから、こんな歪《いびつ》な関係を早く清算するべきだという焦りがある。

ため息をついた紗雪はビルの外に出ると、駅に向かって歩き出した。今日は通常業務のあとに一時間半ほど残業をし、そのあと三辻に抱かれてひどく疲れている。彼のオフィスがある丸の内から紗雪のアパートがある練馬区富士見台までは、約一時間の距離だ。

電車に揺られて帰宅すると、時刻は午後九時を過ぎていた。室内は昼間の熱気を残して蒸し暑く、部屋に入ってクーラーの電源を入れた紗雪がまずするのは、仏壇への挨拶だった。

「ただいま、お父さん、お母さん」

座布団に座った紗雪は、位牌《いはい》が二つ並べられた仏壇に線香を上げる。

生まれ育った屋敷から退去する際、叔母は「私には必要ないから」と言って両親の仏壇を持ち出すことを許可してくれた。そのため、五畳しかない狭いリビングには不釣り合いな大きさの仏壇が置かれているが、紗雪は満足している。

(仏壇だけでも、引き渡してもらえてよかった。確かに部屋は狭くなってるけど、お父さんとお母さんが一緒にいてくれるみたいで安心するし)

かつては高輪《たかなわ》の大きな屋敷に住み、身の回りのことを家政婦に任せて何不自由ない生活をしていたことを思うと、今の自分はひどく惨めだ。

仕事をしてもらえる給料はそう多くはなく、独り暮らしをしながら必死に金のやり繰りをして、何とか毎月を凌《しの》いでいる。節約のために自炊をし、極力生活費を抑えつつ資格取得の勉強をしているものの、先はまったく見えなかった。

この三年間は生きるのに精一杯でどこか鬱屈した気持ちを抱いていたが、もし三辻の助けを借りて叔母と成塚に一矢報いることができれば、そのときこそ自分は前を向いて生きられるような気がする。

(そうだよ。お父さんの死の原因を解明して、会社乗っ取りに礼子叔母さんや匡平さんが関わっていたと証明されれば、わたしはそれ以上望むことはない。たとえ叔母さんに奪われた遺産が戻ってこなくても、過去をリセットして新しい生活を始めよう)

人間関係で悩んでいる今の仕事を辞め、資格を生かせる別の職場を探す。

このアパートも引き払い、どこか雰囲気のいいところに転居するのもいいだろう。三辻とは費用の返済計画を打ち合わせたあとにすっぱりと縁を切り、自分を大切にしながら生きていきたい——そんな希望が芽生え、紗雪は目の前の仏壇を見つめた。

(目標ができたら、何だか気持ちが明るくなってきた。転職するなら、勉強中のビジネス・キャリア検定を早く取得したほうがいいよね。就職に有利になりそうだし)

紗雪はシャワーを浴び、簡単な夕食を済ませたあと、パジャマ姿で資格のテキストを開く。日付が変わる頃まで勉強をし、翌日は朝八時半に通常どおりに出勤した。

事務所内に入ると、事務員の稲木《いなき》祐子《ゆうこ》と生田《いくた》明日香《あすか》が談笑していて、紗雪は彼女たちに歩み寄ると「生田さん」と声をかける。

「昨日、営業の小坂《こさか》さんが生田さんに頼んでいた舩原《ふなはら》工務店さんの見積書、やらないまま帰りましたよね。『朝一で必要だったのに困る』と言われて、急遽わたしが作成したんです。こういうことは困るので、以後気をつけてください」

すると生田は他の営業社員の目を気にしながら、モソモソと答える。

「しょうがないでしょ。昨日は用事があって……」

「だったら小坂さんにそのように伝えて、頼まれた仕事をどうするか考えるべきでは？　黙って帰るのは無責任です」

言いたいことを伝えた紗雪は踵を返し、自分の席に向かう。すると背後で二人が「何、偉そうに」「感じ悪い」とヒソヒソ言っているのが聞こえたものの、無視してパソコンを起動させた。

今までは「この会社を辞めても、すぐに次の職場が見つかる保証はない」と考え、居心地の悪さに目を瞑《つむ》って仕事を続けてきた。だが叔母の件が片づいたあとに転職しようと決めた途端、嘘のように気持ちが軽くなっている。

（今まで我慢してたのが、馬鹿みたい。あの二人にさんざん仕事を押しつけられてきたけど、同じ給料をもらってるのにわたし一人が頑張っていたのがおかしいんだよね）

これからは理不尽な扱いに、黙って従ったりはしない。やらなくていい仕事をさせられるくらいなら、その時間を資格の勉強に費やしたほうがよほど建設的だ。

そんなふうに考えながら、紗雪は一般経費の伝票処理をし、カタログや販促用チラシの棚を整理する。昼休みになり、自分のデスクで弁当を広げながらスマートフォンを開くと、トークアプリのポップアップがあった。送ってきたのは三辻で、「会社まで来て」という呼びつける際の定型文があり、紗雪は眉をひそめる。

（昨日の今日で、また？　連日あんなことをされたら、身が持たない）

これまで黙って従ってきたのだから、断ってもいいだろうか。

だが普段の彼は穏やかであるものの、ふとした瞬間に酷薄な眼差しを向けてくることがあり、そのたびに紗雪の心臓が嫌なふうに跳ねていた。三辻の刺青を見たのは一度だけだが、強烈に印象に残っていて、思い出すだけで身体がすくむ。

いかにスマートな見た目で普段の口調が柔らかくても、素の彼はヤクザだ。もし逆らえばひどい目に遭わされるかもしれず、紗雪は複雑な思いで目を伏せる。

定時で退勤した午後五時半、紗雪は丸の内にあるエルデコンサルティングに向かっていた。断る勇気がなく、結局三辻の言葉に従っている自分に、忸怩《じくじ》たる思いがこみ上げる。ヤクザである彼に対する恐怖心が根源的にあり、そんな自分が嫌でたまらなかった。

三辻の会社の従業員は五時半頃までに退勤するようで、紗雪が訪れるときはいつも無人だ。さすがの彼も、他の社員がいるところで女を抱くほど厚顔無恥ではないらしい。

丸の内駅に到着したときは、午後六時十五分を過ぎていた。徒歩二分のところにあるビルに入り、十八階のパネルを押す。廊下を進み、ガラス張りの扉を開けて中に入ると、そこに思わぬ人物の姿を見つけてドキリとした。

「……っ」

それは三十代後半の、背の高い男性だった。スーツを着た彼は切れ長の目元が印象的で、どこか硬質な雰囲気だ。その顔を見た紗雪は、三辻と再会したときに一緒にいた人物だと気づく。

「あの……」

戸惑いながら口を開くと、彼がこちらを見つめて言った。

「前村さんですか？　私は嵩史さんの秘書の、田名と申します」

紗雪は慌てて頭を下げ、「前村です」と挨拶する。そうしながらも、心臓がドクドクと脈打っていた。

（今までは誰もいなかったところに呼び出されていたのに、秘書がいるなんて。三辻くん、一体どういうつもり……？）

そんなふうに考えている紗雪をよそに、田名が「どうぞこちらへ」と言って社長室に案内してくれる。

中に入ると、デスクでパソコンに向き合っている三辻がこちらをチラリと見て言った。

「あー、紗雪のこと呼んだんだっけ。困ったな」

「えっ？」

「クライアントからの要望で、昨日実施したインタビューとリサーチ会社に依頼した調査内容を、急遽まとめなきゃいけなくなったんだ。今はちょっと立て込んでる」

それを聞いた紗雪は気持ちが明るくなるのを感じながら、彼に向かって告げる。

「あの、それならわたしは帰るから」

わざわざ足を運ばされたのが癪《しゃく》だが、抱かれなくて済むのならそれに越したことはない。そう思い、このまま帰宅するのを申し出たところ、三辻が答える。

「いや、せっかく来てくれたのにそれは申し訳ない。だからこっちに来て、咥えてよ」

「咥える、って……」

「俺は仕事をしてるから、口でしてくれって言ってんの」

紗雪の頬が、かあっと熱くなる。仕事中に「口でしろ」と命じてくるなど、この男はおかしい。何よりそんな扱いをされる自分が惨めで、屈辱感でいっぱいになった。

(でも……)

この男には、逆らえない。断れば何をされるかわからず、紗雪はぐっと唇を引き結んで彼に歩み寄った。すると三辻がキャスター付きのワークチェアを動かし、紗雪に向かって言う。

「デスクの下に入って」

「…………」

言われるがままに跪き、ゴソゴソとデスクの下に入る自分はあまりに滑稽《こっけい》だ。

そう考えながら彼の言うことに従った紗雪は、ベルトを外してジッパーを下げる。下着から取り出した性器はまったく兆しておらず、それをつかんで先端をそっと口の中に含んだ。

「ん……っ」

三辻のものは平常時でもそれなりに体積があり、紗雪は亀頭の丸みやくびれを舌に感じながら吸い上げる。

本当はこんなものを咥えたくはなく、心の中は嫌悪感でいっぱいだ。今はまだ余裕があるものの、すっかり昂ぶったものは硬く大きく、喉奥まで入れられると苦しくて吐き気を催す。

「うっ……ん、……う……っ」

硬度を増していく性器を口を使ってしごきつつ、紗雪は社長室の外が気になって仕方ない。田名はまだ、会社の中にいるのだろうか。もし彼がここに入ってきたらと思うとひどく落ち着かない気持ちになり、その一方で「社内に人がいる状態で、まさか本番には及ばないだろう」という安堵もあって、紗雪は屹立を舐める舌に力を込める。

(田名さんが入ってくる前に、三辻くんを達《い》かせよう。そしてさっさと帰らなきゃ)

そう考え、必死に舌で剛直を愛撫《あいぶ》するが、彼はなかなか達かない。

昂ぶりは硬く漲《みなぎ》り、幹の表面に太い血管を浮き上がらせていた。裏筋を舌先でなぞったり、鈴口をくすぐったりと、なけなしの技巧を凝らして射精を促す紗雪だったが、先走りの液をにじませるだけで達する気配がなく、次第に顎が疲れてくる。

パソコンに向かって何やらタイピングしていた三辻が、ふいに口を開いた。

「駄目だな、脚の間にいられるとタイピングの邪魔だ。デスクの一番下の引き出しを開けて」

言われるがままに引き出しを開けた紗雪は、そこに入っていたものを見てぎょっとする。仕事のファイルなどと一緒に無造作にしまわれていたのは、男性器を模したバイブレーターだった。どぎついピンク色のそれはグロテスクな形をしていて、根元にスイッチがある。

紗雪が思わず固まっていると、三辻が淡々とした口調で言った。

「俺の仕事が一段落するまで、そこのソファでそれを使って見せて」

「は？」

「自分で突っ込んでるところを見せろって言ってんの」

紗雪はひどく動揺する。これまで自慰行為をしたことはなく、道具を使ったこともない。ましてやそれを人に見せた経験など、あるはずがなかった。そう伝えようとしたものの、彼に酷薄な視線を向けられると反論がぐっと喉に詰まる。拒否すれば無理やりされることは充分考えられ、紗雪はぎこちない動きでバイブレーターを手に取り、ソファに移動した。

そしてストッキングと下着を脱ぎ、脚の間にそろそろと先端を持っていこうとするが、途端に怖さがこみ上げる。

（どうしよう、こんな大きいの挿入らない。しかも見られながらだなんて）

挿入するのを躊躇っていると、パソコンのキーボードを叩きながら三辻が言う。

「それじゃあ全然見えないから、スカートをまくって。大きく脚を開いて」

「……っ」

あられもない姿を強要され、羞恥で頭が煮えそうになるものの、今の自分は彼の〝玩具〟だ。

この身体を好きにさせる代わりに、復讐の手伝いをしてもらう。そういう契約で、自ら了承した。

（そうだよ。すべてが終わったら、わたしは三辻くんとすっぱり縁を切る。だったらそれまでは、自分の役目を全うしないと）

紗雪は意を決し、スカートをまくり上げる。そして大きく脚を開き、バイブの先端を蜜口にあてがった。

「ん……」

潤いの足りないそこはすぐにのみ込むのは難しく、紗雪は敏感な花芽を弄《いじ》るほうにシフトする。

シリコン製のバイブは無機質な感触だが、それで何度か花芽を擦ると甘い感覚がこみ上げ、中が潤んでくるのを感じた。それをチラリと見た三辻が、「へえ」というように眉を上げる。

「……っ、は……っ」

室内は明るく、そんな場所で自慰をしている自分に、激しい羞恥をおぼえる。

だがそれが逆に功を奏したのか、愛液がじわじわとにじみ出しているのがわかった。紗雪は勇気を出し、バイブの先端を蜜口にぐっと埋める。

圧倒的な質量をのみ込む感覚は少し苦しく、知らず眉根が寄った。隘路が押し拡げられ、ゆるゆると行き来させることで馴染ませようとする。気がつけば身体が汗ばみ、息が乱れていた。

「ぁっ……はっ、……あ……っ」

半ばまで埋めたバイブを抽送すると、それを見た三辻が笑って言う。

「へえ、なかなか気持ちよさそうだ。紗雪がそこまでしてくれると思わなかったから、ちょっと意外だな」

「……っ」

「バイブ、入り口まで引いて。でも全部抜かないで」

言われるがままに、紗雪は抜けるギリギリのところまでバイブを引く。

するとそれは愛液を纏《まと》ってぬらりと濡れていて、卑猥さにかあっと身体が熱くなった。三辻がマウスをクリックしながら命じてくる。

「今度は挿れるよ。ほら、ゆーっくり」

「んん……っ」

声に合わせてバイブを埋めていくと、内壁がぎゅっと強く締めつけ、半ばで動きが止まってしまった。するとそれを見た彼が、笑って言う。

「どうせなら全部挿れてくれないと、面白くないんだけど。もう少し頑張れない？」

「ぁ……っ、無理……っ」

「そっか。じゃあ田名を呼んで、手伝ってもらおうか」

三辻があっさりとそんな提案をし、紗雪は慌てて答える。

「ま、待って。ちゃんとできるから……っ」

「遠慮しなくていいよ」

「ほ、本当に。だからお願い、田名さんは呼ばないで」

彼がじっとこちらを見つめ、ニッコリ笑って言った。

「冗談だよ。まさかそんなこと、するわけないだろ」

「………」

「紗雪ができるって言うなら、ちゃんとやってみせてよ。俺が退屈して田名を呼びたくならないように」

促された紗雪はぐっと唇を噛み、羞恥をこらえてバイブを体内に埋めていく。

ぬちゅりと重い水音を立てながら蜜口がバイブをのみ込んでいき、強烈な圧迫感をおぼえた。

奥まで埋めるのを見た三辻が「スイッチを入れて」と命じてきて、カチッとスイッチを入れる。するとと最奥に当たっている先端がうねうねと動き出し、紗雪はビクッと身体を震わせた。

「あっ……」

先端が子宮口を捏《こ》ねるように動き、その感触に肌が粟立《あわだ》つ。

中の圧力で押し出されようとするものをぐっと押さえると、ますますバイブの動きを感じて、紗雪は押し殺した呻きを上げた。

「……っ、……んっ……ぁ……っ」

——それから約十五分間、紗雪はバイブの振動に耐え続けた。

中でうねうねと動くものがいいところを抉《えぐ》るたび、内壁がビクッとわななく。息が乱れ、全身が汗ばんでいて、声が出るのを止められずにいた。

「はぁっ……んっ、……ぁ……っ」

(もう嫌……こんなの……っ)

電気が煌々《こうこう》と点いた社長室でこんなことをしているのが恥ずかしくてたまらず、まだ社内にいるかもしれない田名に声を聞かれるのが嫌なのに、奥はもっと強い刺激を欲しがっている。

それは三辻とのセックスに慣らされたからに他ならず、紗雪の中に悔しさがこみ上げていた。

いくら復讐の手伝いをしてもらうためとはいえ、こんな恥辱を味わわされるのは異常だ。自分が性的に搾取されているのは間違いなく、紗雪は「なぜ自分ばかりが、こんな目に遭わなければならないのだろう」という怒りをふつふつと感じる。

蜜口からにじんだとろみのある愛液が革張りのソファに滴り、ベタベタしていた。気がつけばワークチェアから立ち上がった三辻が目の前に立っていて、こちらを見下ろし、微笑んで言う。

「よく抜かずに我慢できたね。こっちは仕事をしながらだったけど、いい暇潰しになった」

「……っ」

「ちなみに田名はあのあとすぐに退勤したから、紗雪の声は聞かれてないよ」

バイブを引き抜かれると、中に溜まっていた愛液がトロリと溢れ出た。咥えるものがなくなった蜜口が未練がましくひくついていて、彼がおもむろに二本の指をそこに埋めてくる。

「ん……っ」

「中、熱くてビクビクしてる。もしかしてずっと物足りなかった？」

指を引き抜いた三辻がスラックスの前をくつろげ、紗雪の脚をソファの座面で大きく開かせる。そしていきり立った剛直を、奥まで一気に挿入してきた。

「うぅっ……」

硬く太いものを中に埋められ、紗雪は圧迫感に呻く。

先ほどまでさんざんバイブで嬲《なぶ》られていた最奥をぐっと突き上げられた瞬間、呆気《あっけ》なく達してしまった。そのまま律動を開始され、内壁を激しく擦られつつ奥を突かれて、紗雪は切れ切れに喘《あえ》ぐ。

「はぁっ……ぁ……っ……あ……っ」

踏み躙《にじ》られた自尊心と行き場のない憤り、それを塗り潰すほどの圧倒的な質量に、頭の中がぐちゃぐちゃになる。

目からポロリと涙を零しながら、紗雪はただ自分の中を穿つ三辻の動きを受け止めることしかできなかった。いつのまにか背もたれから身体が滑り落ちていて、体重をかけて突き入れられると圧迫感で息が止まりそうになり、切羽詰まった声が漏れた。

それが彼を興奮させるらしく、三辻が吐息交じりの声で言う。

「あー、エロいなあ、紗雪の中。最初はバイブを半分までしか挿れられなかったのに、今は俺のを根元まで全部のみ込んでる」

「うっ、ぁっ」

「俺が田名に手伝ってもらおうって言ったとき、どう思った？　ちょっとは期待したかな」

紗雪の身体が、かあっと熱くなる。

期待など、するわけがない。本当はこうして抱かれることにも納得していないのに、三辻は自分を一体何だと思っているのだろう。

そう考えた紗雪が体内にある楔を締めつけると、彼が熱い息を漏らす。そして笑って提案した。

「俺以外の男に興味があるなら、今度は組関係の若いのを何人か連れてこようか。きっと喜んで来る奴がいっぱいいるよ」

「い、嫌……っ」

三辻だけではなく、複数の男にこんなことをされるなど、想像するだけで耐えられない。するとその反応を見た三辻が満足そうに笑い、紗雪の身体に覆い被さって言った。

「……っ、出すよ」

「あ……っ！」

彼はパッと見は細身に見えるが、実際はアスリートのように引き締まった筋肉質の体型をしていて、その身体はみっしりと重い。

覆い被さられると逃げ場がなく、紗雪は激しくなった律動に翻弄された。擦り立てられる内壁も突き上げられる最奥も、どこもかしこも熱い。理性が焼き切れてしまいそうな激しさにただ喘ぐことしかできず、それでも三辻にはしがみつきたくない紗雪は、必死にソファに爪を立てる。

やがて二度、三度と激しく屹立を埋めたあと、彼がドクリと射精した。

「……っ」

子宮口に切っ先をめり込ませるように熱を放たれた瞬間、紗雪もほぼ同時に達していた。隘路を白濁した体液で満たされ、わななく内壁が三辻のものを締めつける。襞が啜る動きで屹立の幹を舐め、そんな反応をする自分の身体が厭《いと》わしくてたまらなくなった。

ありったけの欲情を吐き出したあと、彼がゆっくりと楔を引き抜いた。

「ぁ……っ」

途端に粘度のある体液が蜜口から溢れ出る感覚があり、ソファを濡らす。三辻が身体を起こそうと身じろぎし、気がつけば紗雪は右手を振り上げて彼の頬に鋭く平手打ちしていた。

「……っ」

予想外の動きだったのか、三辻が驚いた顔をしてこちらを見る。紗雪は目の前の彼を睨《にら》み、震える声で言った。

「……いい加減にしてよ。ここまで人の身体を好き放題にして、一体何様のつもりなの」

「…………」

「わたしに復讐の手伝いをするとか申し出ておきながら、何の成果も出していないくせに。それなのに、何で我が物顔でこっちの身体を弄んでるの。しかも他の男にまでさせようとするとか、ヤクザだから何してもいいって思ってるの?」

涙がボロボロと零れ、紗雪は激しい口調で言う。

「三辻くんなんか、大っ嫌い。たとえ顔も頭もよくて会社経営者だろうと、そうやって人を食い物にしてる時点であなたの内面はどうしようもないクズなんだよ。自分以外の人間には感情なんてないと思ってる？　好きなだけ踏みつけにしても構わないって？」

これまで心の奥底に押し込めてきた憤りとやりきれなさが、一気に噴き出す。

礼子と成塚に裏切られた紗雪は、三辻と再会したことで希望を見出《みいだ》した。彼に一定期間身体を差し出すことで二人に復讐ができるなら、それで構わない。すべてが終わったら心機一転、新たな生活を始めよう——そんな希望を抱いていたのに、自慰を強要されたことやそれに田名を関わらせようとしたこと、そして輪姦を仄《ほの》めかされたことで、一気に心が限界を超えてしまった。

紗雪は彼を見つめて告げた。

「わたしのことを殴《なぐ》りたいなら殴れば？　それともヤクザらしく、自分に逆らったわたしを殺す？　好きにしてよ、これ以上あなたにひどい抱き方をされるより、そっちのほうがよっぽどマシだから」

捨て鉢な気分から出た発言だが、もうそれで構わない気がしてきた。

三年前に絶望の底に叩き落とされて以降、紗雪はそこから動けずにいる。世の中が狡《ずる》く立ち回る者だけが生き残れるものなら、自分はそこから振り落とされて構わない。そんな投げやりな気持ちが心を満たしていた。

三辻がおもむろにこちらの顎をつかんできて、紗雪は頑《かたく》なな表情でそれを見つめ返す。彼の顔立ちはひどく整っているが、瞳には得体の知れない色を浮かべており、その考えはまったく読めない。普段は穏やかな反面、ときおり酷薄な目をするところが怖くて従ってきたが、今はもうどうでもよかった。

紗雪と視線を合わせたまま、三辻はしばらく無言だった。息詰まる沈黙が続き、紗雪は目の前の彼を睨み続ける。すると三辻が、突然噴き出して言った。

「──いいね。紗雪はやっぱり、俺が今まで会ったことがないタイプだ」

「えっ……」

「確かに俺はヤクザだけど、女を殴る趣味はない。セックスで啼かせるのと拳で殴る暴力は、まったく違うから」

「…………」

「それから殺しについてだけど、人一人を殺《や》るのは至って簡単だ。でも日本の警察は優秀だから、確実にばれる。今は至るところに監視カメラがあるし」

とはいえヤクザの世界で殺害自体がまったくないわけではなく、関係のある業者に頼んでゴミと一緒に遺体を高温で焼いたり、薬品で溶かしたり、機械でバラバラに粉砕して生け簀《すま》に撒いたりというやり方があるらしい。

「捕まるリスクを減らすなら、自殺に見せかけるというのが一番安全だ。タイミングさえ間違わなければ、警察が自殺の動機を勝手に考えてくれる。その場合は、殺害の方法がポイントになるんだ。首を締めて失神させたら、木に吊《つ》るしてとどめを刺す。真水に頭を突っ込んで溺死させたら、川に遺体を捨てる。変に遺書とかを作成しないほうがそれらしくなるから、余計なことを一切しないほうがいい」

淡々と殺害方法を語られ、紗雪はゾッとする。

三辻を怒らせた自分は、今説明されたいずれかの手法で殺されるのだろうか。そんなふうに考えていると、彼が「でも」と言ってニッコリ笑った。

「俺は紗雪を気に入ったから、そんなことはしないよ。なあ、俺たちちゃんとつきあおうか」

「えっ？」

「確かに今までは、紗雪を都合のいいペットとして扱っていた。やりたいときに呼び出す女は他に何人もいるけど、その中でも毛色が違うのが新鮮だったんだ。だけど俺がヤクザだって知りながら殴ってくる女は一人もいなかったし、誰もが媚びて気に入られようとする奴ばかりだった」

だが紗雪は三辻を怖がって要求に従いながらも、決して心までは明け渡さない。

いつも瞳に隠しきれない反感をにじませていて、元お嬢さまとは思えないそのメンタリティに彼は興味を持っていたのだという。

「女なんて顔と身体さえきれいであればいいと思ってたけど、紗雪とは一緒にいて楽しい。だから俺とつきあおうよ」

ニコニコしてそんなことを提案され、唖然としていた紗雪はすぐに言い返す。

「さっきのわたしの話を聞いてた？　わたしはあなたのことが、大っ嫌いなの。サディスティックで、得体が知れなくて、口だけは上手くて実際は動こうとしない。しかもヤクザだなんて、そんな人間と誰が好き好んでつきあうと思うの」

「確かに紗雪に頼まれたことに関しては片手間で、まったく身が入ってなかった。そのうち暇になったら調べようかなと思ってて、それまでは情報を餌《えさ》に紗雪を玩具にして遊ぼうと考えてたんだ。本当にごめん」

明け透けに「礼子と匡平について、何も調べていなかった」と明かされ、紗雪は絶句する。

三辻が「でも」と言葉を続けた。

「君が俺の女になってくれるなら、全面的に協力する。前村家具の経営状況と社長の礼子の身辺調査、そして成塚匡平に関しても徹底的に調べ上げて、紗雪を騙したことを後悔させてやると誓う。だから許してくれる？」

端整な顔で微笑みながら謝罪され、紗雪は屈辱を噛みしめる。

（一体何なの、この人。結局はわたしを食い物にしてたくせに、それで「つきあおう」ってどういうこと？　全然意味がわかんない）

先ほど彼を平手打ちして食ってかかったときは、ひどい目に遭わされるのを覚悟していた。しかし三辻はそんな紗雪を「面白い」と感じ、改めて興味を抱いているようだ。そんな思考回路が理解できず、紗雪は顔を歪めて言う。

「三辻くんが何を言ってるか……全然わからない。叔母と元彼のことはいいから、もうわたしを解放して。関わらないで」

「〝ペット〟じゃなくちゃんと恋人として扱うって言ってるのに、一体何が不服なの？　もし生活が苦しいなら、援助してあげる。自分の女に惨めな思いをさせるつもりはないから」

「そういうことじゃなくて……っ」

「もし逃げるなら、俺はとことん紗雪を追い込むよ。家に閉じ込めて仕事には行かせないし、自殺もできないように常に監視をつける。ただ俺に飼われる生活と、自由のある今の生活、どっちがいい？」

にこやかに選択肢を提示され、紗雪は青ざめて彼を見つめる。

どうやら三辻は、自分を逃がすつもりはないらしい。それは三辻に逆らった女への怒りではなく、純粋な興味からきているのだとわかり、紗雪はぐっと拳を握りしめた。

「どうしてわたしなの？　もっと美人で三辻くんのことを好きでいてくれる女の人は、他にいっぱいいるでしょ。それなのに」

「言っただろ。そういうのと一緒にいても、つまんないんだよ。俺が今興味があるのは紗雪で、もしかしたらこれが恋なのかもしれない」

楽しそうにそんなことを言われ、紗雪はゾッとする。

こんな男に好かれるなど、冗談ではない。今は暴排条例が施行されており、暴力団員と関わりを持つだけで逮捕されてしまう。このエルデコンサルティングは指定暴力団墨谷会のフロント企業なのだから、三辻と接点を持ち続ければ紗雪も警察に目をつけられる危険性は充分あった。

（でも――）

先ほどの言葉どおり、こちらが断れば彼はきっと監禁するという方法を取るに違いない。閉じ込めて自宅に帰れなくさせ、会社には郵送で退職願を出すことも考えられる。家族を亡くし、三年前から周囲を拒絶して生きてきた紗雪には、親しい人間がいない。つまり世間から隔絶するのは容易であり、三辻が飽きるまでずっと籠《かご》の鳥にされる可能性があった。

（そんなのは……嫌）

紗雪は目まぐるしく考える。

監禁という事態を回避するためには、彼との交際を受け入れるしかない。本当は嫌でたまらないが、とりあえず承諾したふりをし、自由を確保する。そして叔母と匡平の情報を探ってもらい、復讐の足掛かりにするのが一番賢い方法だ。

（そうだよ。今までさんざん好き勝手されてきたんだから、三辻くんにそこまでしてもらっても罰《ばち》は当たらない。わたしはこの人を利用するくらいの気持ちでいないと）

今でこそ穏やかであるものの三辻は紛れもないヤクザで、いつこちらに牙を剥《む》くかもしれない危機感がある。

だが彼の自分への関心は、きっと一生続くものではないはずだ。ならば上手くあしらいながら離れる機会を窺《うかが》い、並行して礼子と匡平について調査をさせればいい。

そう決意した紗雪は、顔を上げる。そして三辻を見つめ、緊張しながら告げた。

「わかった。……三辻くんとつきあう」

「ほんと？」

「だってそうしないと、わたしを監禁するんでしょ」

彼に対峙するときは、匙加減《さじかげん》が重要だ――と紗雪は考える。

三辻は紗雪が他の女と違い、自分に媚びずに歯向かってくるところに心惹かれたと言っていた。ならば過剰に遜《へりくだ》るのは逆効果で、いかにも嫌々つきあっているのだというポーズを取り続けることが肝心になる。

紗雪の言葉を聞いた彼が、ニコニコして言った。

「紗雪が俺に逆らったりしなければ、監禁なんてしないよ。彼女としてこの上なく大切にするから」

そんな言葉が出る時点で充分モラハラの気があり、しかもあんなにサディスティックなセックスをする男なのだから、三辻の言うことは当てにならない。だがそうは言えずに押し黙ると、彼が腕を伸ばして紗雪の乱れた髪に触れ、優しく撫《な》でて告げた。

「今日から俺と紗雪は、正式な彼氏彼女だ。――大事な恋人からすべてを奪った二人を徹底的に追い詰めてやるから、大船に乗ったつもりでいて」

第三章

コンサルティング事務所を経営する三辻は、毎日多忙だ。

朝九時に出社してまずすることは、プロジェクトの変更が発生していないかどうかのメールチェックで、もしクライアントから何かしらの要望があれば早急に対応しなければならない。他の二人の公認会計士が出勤したタイミングで、プロジェクトリーダーとして前日に作成しておいたタスクリストを彼らと共有し、その日一日にこなす仕事の流れを決める。その後は客先を訪問したり、リモートで打ち合わせをする傍ら、それぞれが取れるタイミングで自由に休憩を取る流れだ。

その一方、墨谷会組関係者との打ち合わせも欠かせない。最近はウェブ経由で相談に乗ることが多いが、古いタイプの人間は直接会うのを要求してくるため、田名がセッティングした人目につかない場所で彼らと顔を合わせることになる。

夜は取引先やその繋がりで知り合った人間と酒を酌《く》み交わし、人脈を広げていた。いつも予定が詰まっている状態だが、今日の三辻はひどく機嫌がいい。理由は昨日の話し合いの結果、紗雪と正式につきあい始めたからだ。

（いきなり平手打ちされたときは、驚いたな。今まで俺にそんなことをした女はいなかったから、避ける暇もなかった）

再会してからずっと〝三辻の玩具になる〟という約束に従ってきた彼女だったが、自慰を田名に手伝わせようとしたことや輪姦を匂わせたことで限界を超えてしまったらしい。

紗雪が自分の前で感情を爆発させたのは、三辻にとって新鮮な驚きだった。これまで会った中でそんな女は一人もおらず、「三辻くんなんか大っ嫌い」「たとえ顔も頭もよくて会社経営者だろうと、そうやって人を食い物にしてる時点であなたの内面はどうしようもないクズなんだよ」と言われたとき、妙な興奮をおぼえた。

（マゾっ気はなかったはずなのに、紗雪の言葉を聞いたらゾクゾクした。あんなに俺を嫌ってる女を、ベタベタに甘やかして手懐けると面白そうだ）

かくして三辻は、彼女に交際を申し込んだ。「もし断れば監禁する」と告げたため、紗雪としては受け入れる以外の選択肢がなかったのかもしれない。元より彼女を逃がすつもりがない三辻は、望んだとおりの返答を得て満足していた。

「まさか嵩史さんが、彼女とつきあい始めるとは思いませんでした。何か理由でもあるんですか」

田名が車を運転しながらふいにそんなふうに問いかけてきて、後部座席に座る三辻は笑って答える。

「面白そうだからだよ。何の力もなくて誰かにいいようにされるだけの存在なのに、変に折れないところがあって、そこが気に入った」

「あなたがそんなふうに誰かに入れ込むなんて、初めてですね」

「そうかな。たまにはいいだろ」

ちなみに今日は忙しくて紗雪と会う時間は作れず、まだ連絡をしていない。

彼女は今頃、何を考えているのだろう――と三辻は思案する。紗雪は自分から逃げたがっており、「叔母と元彼のことはいいから、もうわたしを解放して」と言っていたが、やんわりと脅して退路を塞いでおいた。

もし黙って姿を消した場合は、何が何でも行方《ゆくえ》を探し出すつもりだ。そして自宅に閉じ込め、飽きるまで飼い殺しにする。そのとき彼女がどんな顔をするのかを想像し、三辻は口元を緩めた。

(ずっと紗雪が傍にいるのは、悪くないな。彼女は嫌がっていたけど、本当に監禁してしまうのもいいかもしれない)

車が向かった先は、赤坂《あかさか》だった。

メガベンチャーのトップと会食した三辻は、午後十時に解散して六本木《ろっぽんぎ》のクラブに足を向ける。こうして繁華街を訪れるのは、ストレス解消と情報収集の両方の意味があった。

警察は独自の情報網を持っており、それを〝S〟と呼ぶが、三辻もバーの経営者や客引き、風俗店店長からドラッグの密売人まで、情報をもたらしてくれる知り合いが多くいる。

こうしたクラブは噂話の坩堝《るつぼ》で、大音量の音楽と光、ざわめきに埋もれながら酒を飲んでいるうち、顔見知りから世間話がてら六本木界隈をシマとする暴力団の話がいくつか聞けた。

一時間半ほどして「そろそろ帰ろう」と考えた三辻は、カウンターから離れる。人混みを縫って出口に向かって歩いていると、ふと印象的な男とすれ違った。

「──……」

それはスラリと背が高い、人目を引く容姿の男だった。

年齢は二十代後半で、顔立ちは甘く整っている。柔らかそうな髪や高い鼻梁、優しげな目元はどこか王子めいた雰囲気を醸し出していて、モデルか俳優かという印象だ。

チラリと振り返ると彼もこちらを見ていて、三辻を見つめてかすかに微笑んだ。田名がこちらの耳元に口を寄せ、ささやくように言う。

「あれはここ最近、歌舞伎《かぶき》町で幅を利かせている伏龍会《ふくりゅうかい》のトップです。確か名前は、安高《あだか》凌士《りょうじ》」

「伏龍会……」

暴力団に所属せずに犯罪行為を行う〝半グレ〟たちはそれぞれ徒党を組んでおり、その数は計り知れない。そんな中、伏龍会は数年前から名前を聞くようになった集団で、じわじわと規模を拡大しつつあった。そのトップがあんな優男だとは思わず、三辻が「へえ」とつぶやくと、田名が安高はホスト上がりなのだと教えてくれる。

(元ホストが、半グレとしてグループを作ってるのか。女を使ったシノギが上手そうだな)

こちらを見ていたということは、おそらく安高は三辻がどういう素性の人間か知っているのだろう。元よりヤクザだとばれたところで、三辻は表向き至ってクリーンだ。これまで逮捕歴もなく、至極真っ当な商売をしているのだから、もし暴力団との関わりをネタに強請《ゆす》られたとしても何ら問題はない。

翌日は墨谷会で行われる月に一度の寄り合いで、昼から仕事を抜けた三辻は田名が運転するスモーク付きの車で亀戸《かめいど》の会長宅に入った。毎回警察の尾行がついていないことを確認し、正規のルートから大きく迂回《うかい》して目的地に向かうのは正直面倒だが、繋がりを隠蔽するためには仕方がない。

墨谷会は墨田区錦糸町《すみだくきんしちょう》に総本部を置き、公安委員会から主要暴力団として位置づけられていて、現在のトップである樫井謙次郎《かしいけんじろう》は四代目になる。

構成員・準構成員を含めて約二千人、会長の下に会長代行と理事長、本部長、副本部長、幹事長の最高幹部五名がおり、それぞれがトップから組を持つことを許された直参といわれる組長だ。その他にも二次団体の組長たちからなる執行部や地区統括長など、数々の役職がある。

暴力団の大きな特徴は、トップを頂点として上部幹部、その下の下部組員というピラミッド型の組織が構築されていることで、擬制血縁関係によるその絆《きずな》は強く、上からの命令は絶対的とされていた。

三辻が中に入ると、ジャージ姿の本部の部屋住みたちが一斉に「お疲れさまです」と頭を下げてくる。各組長のお供でやって来た舎弟の姿もあり、彼らと挨拶を交わしながら田名と共に廊下を進んだ三辻は、やがて中庭を眺めている一人の男に目を留めた。

「おう、嵩史。やっと来たな」

ブランド物のダブルスーツを身に着けた五十代半ばの男が笑い、こちらに歩み寄ってくる。

ポマードで髪をセットした彼は整った顔の持ち主で、若い頃はさぞ女にもてたであろうと思わせる片鱗が残っていた。田名が折り目正しく頭を下げ、挨拶する。

「ご無沙汰しております、オヤジ」

「田名か。お前もそうしてると、すっかりカタギのリーマンみたいだなあ。やっぱり学歴があるから、嵩史と馬が合うんだろうな」

彼の名は日向野亘宏といい、三辻の実の父親だ。墨谷会の直参である日向野組の組長で、幹事長の肩書を持っている。日向野が三辻の肩に馴れ馴れしく腕を回し、笑顔で言った。

「お前のおかげで、今月もうちの組が義理で一番だ。持つべきものは出来のいい息子だな、俺も鼻が高えよ」

〝義理〟とはいわゆる上納金のことで、組運営の経費の目的で徴収される。

直参の組は月に七十万、個人に対しては平組員や舎弟、幹部など、その格付に応じて収める月額を決められていた。日向野は地元出身の政治家と深い繋がりがあり、選挙で敵陣営のスキャンダルをつかんだり票の取りまとめをして報酬を要求したり、公共事業の際に業者間の利害調整をする〝前捌《まえさば》き〟といわれる仕切り役を買って出るなど、手堅いシノギをしている。

その一方、息子である三辻が裏のコンサルティングで稼いだ莫大な金も組の資金として組み入れており、直参の中ではもっとも経済力のある組として幅を利かせていた。

墨谷会への上納金は毎月五百万円収めていて、個人でも五十万円支払っているといい、同じレベルの幹部たちの中から抜け出て組織のナンバーツーである会長代行の座を狙っている。そんな父親を、三辻は冷めた眼差しで見つめた。

(暴排条例でギチギチに締め上げられてるヤクザに未来はないのに、会長代行になりたいなんてな。群れの中にいれば、他の雄《オス》を押しのけたくなるものなのか)

寄り合いの議題はシマの警察の動向やフロント企業の経営状況、組員が関わっている事件の公判についての報告などさまざまで、上納金の収支も報告される。

今月も日向野組がトップで、その大半を息子の三辻が稼いでいるのを知っている周囲からは、妬みと羨望が入り混じった眼差しが向けられた。三辻は樫井会長から直々に「ご苦労だったな」と声をかけられ、父親である日向野は鼻高々だ。

寄り合いが終わると、三辻はあちこちの組の幹部から声をかけられて世間話をした。昔と違い、今はどこもシノギに四苦八苦していて、下手を打てばすぐ警察に目をつけられる。誰からも盃をもらっていない三辻は彼らの相談に乗る義理はないが、恩を売っておけばいずれ何かの役に立つことがあるかもしれない。

そう思い、軽くアドバイスをしたり、正式に仕事を依頼したいという組長と打ち合わせの具体的な段取りを組んだ。ようやく話が一段落して帰ろうとしたとき、ふいに背後から「あの」という声が響く。

振り返った三辻は、自分に声をかけてきた人物を見て目を瞠った。

「――……」

黒いシャツに臙脂《えんじ》色のネクタイ、ダークスーツに身を包んだその人物はスラリとした体型で、整った顔立ちをしていた。

年齢は二十代後半で、甘さのある王子めいた雰囲気の容貌を見た三辻は、それが昨夜六本木のクラブで見かけた男だと気づく。彼がニッコリ笑って言った。

「日向野組長のご子息の、三辻嵩史さんですよね？　初めてご挨拶をさせていただきます、俺は安高凌士です」

「………」

「伏龍会というグループのトップで、今は友次《ともつぐ》副本部長の仮舎弟となっています」

彼はとてもにこやかな表情だが、その眼差しはどこか抜け目ない。それは王子めいた造作とは不釣り合いで、胡散臭《うさんくさ》さが否めなかった。三辻は安高の顔を見つめ、彼に問いかける。

「一体何の用だ」

「三辻さんは、コンサル業をしていると聞きました。実はシノギの件でご相談したいことがあるので、少々お時間をいただけませんか？」

三辻は正式な組員ではないが日向野組組長の息子で、上納金で組に大きく貢献している実績がある。

一方の安高はまだ仮舎弟、つまり準構成員《ジュンコー》という身分で、その違いは雲泥の差だ。しかし副本部長が子飼いとし、こうして寄り合いに連れてきているのだから、おそらく見所はあるのだろう。そう考えた三辻は、頷いて答えた。

「仕事があるから、少しの時間でいいなら」

「ありがとうございます。三辻さんの会社は丸の内ですから、歌舞伎町にある俺の店でいかがでしょう」

まだ名刺を交換していないのに、安高はこちらの会社の住所を正確に把握している。

そう思いつつ三辻は彼の申し出を了承し、田名が運転する車で指定された店へ向かった。そして前を走って先導する安高の車を見つめながら、後部座席で父に電話をかける。

「俺だ。さっき友次副本部長の仮舎弟の安高っていう男に声をかけられて、『相談したいことがある』って言われてこれからそいつの店に向かうところなんだけど、親父はどういう奴か知ってるか？」

『あー、あの色男な。友次が見覚えのない若えのを連れてるから、「誰だよ」って聞いたら、説明してくれた。ホスト上がりの半グレで、自分から組に入りたいって接触してきたそうだ』

彼と友次は上下関係なしの五分の兄弟分のため、口調は気安い。

父いわく、安高凌士は歌舞伎町でトップクラスのホストだった男で、引退後に仲間を集めて半グレ集団を作ったらしい。現在は飲食店や風俗店を複数経営する青年実業家で、仲間を店長や従業員にして店を任せ、大層羽振りがいいという。

『安高はガールズバーの他、闇バカラや会員制の飲み屋を経営し、場合によっては客にクスリや女を手配してやっているようだ。外にばれずに遊べるから、芸能人には結構人気らしい。俺ら暴力団とは違って半グレは暴対法や暴力団排除条例の対象外だし、たとえ捕まっても微罪で済む。そのお気楽な身分を捨てるメリットはないと思うが、安高はどうしても組に入りたいんだってよ』

「………」

『でもな、このご時世に自分から暴力団に入りたいなんて、普通じゃねえ。だって自分で商売をやって充分稼げてるのに、わざわざ組に入る理由がねえだろう。思考がぶっ飛んでる危ない奴かもしれないし、そういう奴は大抵すぐに飛んでいなくなるから、友次は覚悟を確かめるために言ったんだと。「組に入りたければ、持参金として二千万円持ってこい」と』

二千万円とは、ずいぶん吹っかけたものだ。だが知り合いの伝手で紹介された人材ではない分、見極めは慎重に行わなければならず、友次が用心するのは素直に納得できる。

電話を切った三辻は、車窓から外を眺めつつじっと考えた。

(俺に接触してきたのは、やっぱりシノギについて聞きたいためかな。持参金を用意するために)

いくら商売が上手くいっていても、従業員たちの給与や経費が占めるウエイトは大きく、余剰として二千万円を作るのは容易ではない。

約三十分の距離を走り、車は歌舞伎町のパーキングに乗り入れる。安高に案内されたのは、朝昼営業のガールズバーだった。中に入ると二十代前半の若い女性従業員たちが、「いらっしゃいませ」と華やいだ声をかけてくる。いずれも容姿はアイドル級で、店内はロマンチックな雰囲気でまとめられ、ハイセンスだ。

まだ午後三時半だというのに店内には結構な数の客がいて、酒を手に会話を楽しんでいた。三辻を奥の席に案内した安高が、にこやかに言う。

「ここはデザイナーズコンセプトバーで、店の内装に金をかけるのはもちろん、女の子もトップクラスの子を集めています。オープンしてまだ半年ですが、このとおり客入りはよく、売上は上々なんですよ」

二人の女性従業員がやって来て隣につこうとするものの、彼は目線で合図して彼女たちを遠ざける。そして三辻を見つめ、ニッコリ笑って言葉を続けた。

「わざわざ三辻さんに来ていただいたのは、先ほどもお話ししたとおり、シノギについてご相談したいからです。歌舞伎町で商売をやっているとおのずと裏の世界と関わりを持ちますが、三辻さんの名前を聞くことがちょくちょくありました。日向野組組長の息子でありながら正業で成功し、フロント企業として莫大な上納金を納めていると。墨谷会の関係者にシノギの指南をしていて、どの業種もかなり儲けていると聞きます」

男性スタッフが高級ウイスキーを持ってきて、ロックで提供してくる。三辻はそれに手をつけず、口を開いた。

「友次副本部長の、仮舎弟だって言ってたな。自分で商売をして成功してるのに、何でわざわざヤクザになろうとするんだ？」

三辻はカタギに対するときとヤクザや半グレの前では、明確に口調を変えている。安高にはあえて威圧的な話し方で接すると、彼は愛想よく答えた。

「そっちのほうが、恰好いいからですよ。俺はホストを八年くらいやっていたんですが、長く夜の世界にいればヤクザを目にする機会が多くあります。幹部と呼ばれる人たちは堂々としていて、金払いもよく成功者に見えました。実力が物を言う世界で、同性である舎弟たちに傅《かしず》かれているのもいいですよね。女に纏わりつかれるのに飽きた俺には、硬派で魅力的に思えました」

いかに半グレが幅を利かせようと、裏社会のヒエラルキーではヤクザが一番上だ。

繁華街でぼったくりバーなどを経営する半グレ集団は、大抵は上納金かみかじめ料として月に数十万の金を暴力団に支払っている。

安高は自らロックグラスに氷を入れ、酒ではなく水を注ぐと、それを一口飲んで続けた。

「だから伝手を辿って、墨谷会の副本部長である友次さんに繋ぎを取ってもらいました。そして舎弟にしてほしい、墨谷会の構成員になりたいと申し出たところ、『最近の奴は根性がなくて、部屋住みの段階ですぐに音を上げて飛びやがる』『お前の覚悟を示すため、持参金として二千万円持ってこい。話はそれからだ』と言われたんです。現在の俺の身分はあくまで友次さんの仮舎弟、でも寄り合いにはどうしても参加してみたくて、何度も頭を下げて連れていってもらったんです。そして三辻さんに会えた」

「…………」

「墨谷会に入るのを決めたとき、自分なりに組織にどういう人がいるのかをいろいろ調べましたが、俺は若手の中で一番シノギが上手い三辻さんを尊敬しています。あなたのようになりたいと考えて、それで声をかけさせてもらったんです」

三辻は目の前の安高を、じっと見つめる。ホストをやっていただけあって、彼は芸能人のように端整な顔立ちだ。話し方も如才なく、終始こちらを目上の存在として扱っている。

（でも――）

顔も物腰も柔和な印象の安高だが、目だけがそれを裏切っていた。

彼の瞳の奥にはギラギラとした飢えのような色があり、野心家であるのが如実に伝わってくる。おそらくヤクザとしては、それが正しいのだろう。真っ当な仕事で稼ぐのではなく、裏社会でのし上がりたいと考えている人間が一番ヤクザに向いている。

三辻は小さく息をつき、口を開いた。

「確かに俺は、組関係者にシノギの指南をしている。事業計画書の作成や資金調達面での相談、集客や営業のサポートといったものから、暴力団員だとばれずに商売をするにはどうしたらいいか、警察の目を誤魔化すやり方の相談まで、さまざまだ。料金体系は相談なら一時間三万円、顧問として毎月経営のアドバイスをする定額報酬型なら月額三十万円、成果報酬型なら起業後の月間売上の五パーセントを二年間、毎月支払ってもらう契約になってる」

それを聞いた安高が、興味深そうにつぶやいた。

「結構取るんですね。この店みたいに月に五百万売り上げる店なら、成果報酬型で月額二十五万、二年間で六百万も受け取るわけですか」

「ちなみに提示した料金は世間一般のコンサルタントと同じレベルで、決して相場より高いわけではない。相手によって料金を変えることもしていないから、一律だ」

「でしたらこうして相談に乗っていただくのにも、本来は料金が発生しているわけですね」

三辻が「そうだな」と答えると、彼はにこやかに質問してくる。

「じゃあ相談料三万円の対価として質問させていただきますが、三辻さんがこの店舗でより売上を伸ばすことを求められた場合、どうしますか？」

三辻は視線を巡らせて店内を眺め、しばし考える。そして安高に向き直って答えた。

「この店舗の席数は、十五席程度か。だったら〝マイナス営業〟を提案するかな」

マイナス営業とは、来店した客の数に対してキャスト数がマイナスで接客することで、この割合が大きいほど店の利益は増えていく。

四人で来店した客に三人もしくは二人のキャストを配置することをいい、さらにキャストのローテーションを組み立てる〝つけまわし〟、つまり一番人気のある花形キャストをいかに効率よく客席に回すかを考える。

「つけまわしの役割は、客をできるだけ長く店に滞在させることだ。適度に顔を出して客を楽しませつつ、延長料金やドリンク料金を稼ぐ。客単価は最大で、二倍ほどの差が出る計算だ」

もちろん客が不満を持って帰られては困るため、花形以外のキャストの質やスタッフの見極めが重要になる。するとそれを聞いた安高が、眉を上げて言った。

「驚いたな。三辻さん、客商売に詳しいんですね。ガールズバーでは、確かにマイナス営業は有効です。キャバクラだと即クレームになりますけど」

「この店は客席数に対して、キャストが多すぎる。それはわざとなのか？」

「ええ、もちろん。うちは〝裏メニュー〟がありますから、いろいろなタイプの女の子を揃えているのが売りなんですよ」

ニッコリ笑ってそう答えられ、三辻はこの店がガールズバーを謳《うた》いつつ裏で風俗行為をしているのだと悟る。

（なるほどな。朝昼営業だけで売上が月に五百万もいくのかと疑問に思っていたが、そういうからくりがあったわけか）

ならば表向き申告されているより、この店の売上金額ははるかに多いのだろう。そんなふうに考える三辻に、彼が提案する。

「三辻さんさえよろしければ、うちの一番人気の子に裏で接客させますよ。もちろんお代はいただきませんが、いかがですか？」

「いや、忙しいから結構だ」

にべもなく断ると、安高が気にした様子もなく穏やかに言った。

「では三辻さんに正式に仕事をお願いするかどうか、少し検討してからご連絡したいと思います。名刺をいただいても？」

「ああ」

三辻が懐から名刺入れを取り出していると、彼が軽く手を上げて男性スタッフを呼び、何やら耳打ちする。やがてスタッフが白い封筒を持ってきて、安高がそれを差し出した。

「こちら、今日の相談料とお車代が入っています。お納めください」

封筒を開けて中身を確認したところ、五万円が入っている。三辻は無造作に二万円を引き抜き、それを彼のほうに押しやって告げた。

「うちは明朗会計だから、車代とか余計なものはいらない。邪魔したな」

席を立ち、三辻が出口に向かおうとした瞬間、ふいに彼が口を開く。

「すみません、お帰りになる前にひとつだけ。三辻さんは日向野組の組長のご子息であるにもかかわらず、正式な組員ではないと聞きました。それなのにフロント企業として上納金作りに協力し、墨谷会の寄り合いにも出ている。それはなぜですか？」

足を止めた三辻は、席に座ったままの安高を見下ろす。

暴力団に憧れ、身軽な半グレの身分を捨ててまでヤクザの世界でのし上がりたいと考えているこの男には、自分の気持ちなど到底理解できないだろう。そう考えながら、三辻は淡々と答えた。

「暴排条例で警察や地域からの締めつけがきつくなっている今、ヤクザになるのは非常にリスキーだ。俺は組の代紋を掲げないほうが稼げると考えたから表向きカタギを装ってるし、誰からも盃はもらってない。それはうちの親父も、墨谷会の樫井会長も認めてくれてる」

もちろんそれは、莫大な上納金を払っているからこそだ。彼が念を押すように問いかけてきた。

「つまり、これからも正式な組員になる予定はないってことですか？」

「まあ、そうだな」

安高がじっと、こちらを見つめてくる。

店内ではあちこちで談笑する声が響き、客の手を引いて裏に向かうキャストの姿も見えた。

やがて彼がニッコリ笑って言った。

「なるほど、よくわかりました。今日はお時間をいただき、ありがとうございました」

店の外に出ると、建物の横で田名が待っていた。連れ立ってパーキングに向かいながら、彼が問いかけてくる。

「安高の用件は、一体何だったんですか？」

「シノギの指南をしてほしいってことと、この店の女に裏で接客させるって誘われた。興味がないから断ったけど」

「わざわざ嵩史さんに声をかけてきたのは、どうしてなんでしょうね。昨夜クラブですれ違ったときも、あなたに気づいていたみたいですし」

確かに昨夜クラブで意味深な目でこちらを見てきたということは、既にこちらの顔と名前を知っていたに違いない。

安高の野心を感じさせる眼差しを思い出しながら、三辻は車に乗り込んで考える。

（とにかく金を稼ぎたいみたいだし、偵察がてら話しかけてきたのかな。俺に近づいて甘い汁を吸いたいか、シノギのノウハウを盗みたいのかもしれない）

彼が連絡してくるかどうかは、今の段階ではわからない。

もし仕事を依頼してきた場合は通常どおり対応するが、そうでなければこちらから近づく理由はない——と三辻は思う。元より自分は正式な組員ではないのだから、ヤクザとして教えを請いたいなら安高のオヤジに当たる友次に頼むのが筋だ。

田名が運転する車で会社に戻った三辻は、溜まっていた仕事を片づけた。翌日の打ち合わせの資料をまとめ、他の公認会計士の仕事の進捗をチェックして、リサーチ会社から届いた市場調査の資料を読み込む。

そして午後六時、スマートフォンを手に取ると、「仕事が終わったら連絡して」というメッセージを紗雪に送る。するとほどなくして着信音が鳴り、三辻は指を滑らせて「はい」と電話に出た。

『……前村です』

彼女の声は、どことなく緊張している。

三辻が紗雪に「つきあおう」と告げたのは、一昨日の話だ。昨日は忙しくて連絡ができず、何だか久しぶりな気がする。三辻はマウスを操作してやりかけの仕事のバックアップを取り、彼女に問いかけた。

「今、どこにいる?」

『少し残業をしたあと、退勤して会社を出るところだけど』

「じゃあ、最寄り駅で待っててくれる？」

『えっ』

「これから迎えに行く」

電話を切った三辻は、会社を出る。

そしてビルのすぐ前のパーキングに停めた自分の車に乗り込み、エンジンをかけた。ここから紗雪の職場の最寄り駅である江古田駅までは、車で二十分程度だ。夕方で混み合う幹線道路を走り、江古田駅の北口まで来ると、紗雪が人待ち顔で立っている。

車を緩やかに減速させた三辻は、彼女の目の前で停車させてパワーウィンドウを開けて呼びかけた。

「紗雪」

「あ、……」

助手席に乗るように促すと、紗雪が遠慮がちに車に乗り込んでくる。今日も地味な服装の彼女に、三辻は開口一番謝罪した。

「ごめん、待たせて」

「それは別に構わないけど……。今まではわたしを自分の会社に呼びつけてたのに、今日はどうして迎えに来たの」

戸惑った様子の彼女に、三辻は事も無げに答える。

「だって俺と紗雪は、つきあってるんだろ」

「えっ」

「ペットじゃなく〝彼女〟だから、わざわざ迎えに来たんだ。たまにはヤる以外のこともしようと思って」

ハザードランプを切って緩やかに車を発進させる三辻に、彼女が慌てて問いかけてくる。

「あの、どこに行く気？」

「両国《りょうごく》。いい寿司屋があるんだ」

今通ってきた道を戻ることになるが、三辻は元々運転するのが苦ではない。

助手席に座る紗雪は、どことなく落ち着かない様子だった。彼女の言うとおり、これまでのつきあい方といえば呼びつけてセックスをするだけだったため、その反応はある意味当然かもしれない。紗雪が膝の上で所在なく手を握り、口を開いた。

「三辻くん、自分で運転するんだね。てっきりあの田名さんっていう人がここまで一緒に来るのかと思ってたんだけど」

「仕事ならともかく、プライベートでは運転させないよ。今はもう業務外だし、しかもこれはデートだろ」

「デート……」

三辻は前を向いて運転しつつ、言葉を続ける。

「田名は元々日向野組の部屋住みで、俺が実家を出るときに目付け役としてついてきたんだ。だから表向きは秘書だけど、実際は付き人みたいなものだな」

田名は都内の大学に在学中、父親が事業の失敗と借金を苦に妻を巻き添えにして無理心中を図り、それまでの生活が崩壊した。父親は死んだものの母親は植物状態となり、今も都内の病院に入院中だ。

しかも父親は性質の悪いところから借金をしていて、母親の入院費用を稼がなければならなくなった田名は大学をやめて日向野組の構成員となった。それを聞いた紗雪が、神妙な顔でつぶやく。

「……そういうふうに、ヤクザの世界に足を踏み入れる人もいるんだね」

「真っ当に働くより、金を稼げたりするからね。大抵は不良やってて繁華街に出入りして、ヤクザと知り合って事務所に出入りするようになって、成り行き上そういう世界から抜け出せなくなったりとか。刑務所でやくざと知り合って、誘われて入るっていうのもある」

「三辻くんは、お父さんの影響で？」

「うん。俺の母親は高級クラブのホステスをしてて、親父と知り合った。あえて入籍せずに愛人に留めていたのは、ヤクザの夫を持つことで不利益な立場になることが多々あるからだ。例えばヤクザは銀行のクレジットカードを作れず、それは妻も同様だ。子どもが幼稚園の入園を認められなかったり、万が一生活保護を受ける事態になっても通らないこともある」

母親の瑠末は三辻を私生児として育てていたが、小学五年生になった頃に突然日向野が「嵩史は俺が引き取る」と言い出した。

彼には正式な妻はおらず、ときどき瑠末と三辻が住むマンションを訪れていたものの、一緒に暮らしてはいなかった。当時瑠末に客である会社社長との結婚話が持ち上がっていたのもあって、彼女との関係を解消するのと同時に息子を引き取るという話になったらしい。

（……俺にとっては、毒親だったけどな）

ヤクザは意外にも子煩悩《こぼんのう》が多く、家族を極力自分の仕事に関わらせないものだが、日向野は違った。

彼は年端もいかない三辻を自分の組事務所に連れていき、暴力的な場面を隠すことなく見せつけた。そして勉強が好きで内向的だった三辻に対し、「家でちまちま勉強するのはやめろ、くだらねえ」と言って参考書を取り上げた。

そうして数年が経ち、紗雪と同じクラスになった中学二年の頃には、三辻はあちこちで乱闘事件を起こすようないっぱしの不良になっていた。そう語ると、紗雪が信じられないという表情で言った。

「実の父親なのに、三辻くんがそういう道に進むように仕向けたってこと？　そんな……」

「俺の親父は根っからのヤクザで、はっきり言って頭のネジがぶっ飛んでるんだ。あいつは自分の息子を組の後継にしたくて仕方なくて、こうして組のシノギに貢献するようになった現状に満足してる」

三年前まで裕福な家庭のお嬢さまだった彼女には、きっと想像もつかない話だろう。

そう自嘲しながら運転し、やがて車は両国にある隠れ家的な寿司屋に到着する。そこはなかなか予約が取れない人気店だが、今日は伝手で席を用意してもらった。女将《おかみ》に迎えられ、カウンターに座った三辻は、紗雪に問いかける。

「ここは基本的にお任せなんだけど、何か苦手なネタとかはある？」

「あ、ううん。何もないけど……」

どうやら彼女は、和モダンで高級感のある店の内装に気後れしているようだ。

季節の小皿料理を交えつつ、出てきた寿司はどれもひと手間加えられていて美味《おい》しかった。塩と山葵《わさび》で食べる蛸《たこ》や金目鯛の昆布締めなど、大将はこちらのペースを見ながら順番に提供してくれ、会話の邪魔をしない。

車の運転があるためにウーロン茶を飲みながら、三辻は隣に座る紗雪に向かって言った。

「紗雪は今、電気機器会社の事務をしてるんだっけ。どうしてそこに入ったの？」

「叔母に屋敷と遺産を奪われて追い出されたあと、すぐに就職先を探したんだけど、わたしは花嫁修業しかしていなくて、お茶やお花のお免状があってもそれを生かせる職場はなかったの。だから職安で『初心者でもＯＫで安定している職場を、できれば事務で』って希望して紹介してもらって、十社以上受けて採用されたのが今の職場だった」

それを聞いた三辻は、ウーロン茶を一口飲んで言う。

「確かに習い事の免状があっても、師範とかじゃないかぎり就職先はないだろうね」

「うん。そうして苦労して入った会社だけど、人間関係は最悪なの。わたしの他に二人いる事務員は結託してこっちにばかり仕事を振るし、何かと絡んでくる営業部の社員もいて」

「絡むって、具体的にどんな？」

船見というその男性社員は、周囲の目がないときを見計らって紗雪に絡み、ネチネチといびってくるのだという。そのくせ他の社員の前では至ってフレンドリーで、落差が激しいらしい。

目の前に置かれた鮪《まぐろ》のヅケを見つめ、三辻はつぶやいた。

「陰険だな」

「たぶん入社して三ヵ月が経った頃、彼から告白されたのを断ったのが原因なんだと思う。『たとえ会社にパワハラを訴えても、前村さんみたいに陰気な顔をした女と営業成績トップの自分なら、きっと皆こっちを信じる』とも言われた。だから仕事が楽しいかって聞かれると、しんどいことのほうが多いかもしれない」

彼女は「でも」と言葉を続け、かすかに微笑んで言う。

「この三年間でＭＯＳ検定の一般と上級に独学で合格したし、今はビジネス・キャリア検定を取るために勉強してるの。いずれ転職するために、少しでも有利な資格を取っておこうと思って」

決していいとはいえない職場環境の中、紗雪は独学でコツコツ勉強し、資格を取得していたらしい。

叔母と元彼にされた仕打ちやそれまでの育ちを思えば、身を持ち崩していてもまったくおかしくない。世間知らずが仇《あだ》となって悪い男に騙されたり、手っ取り早く稼ぐために風俗に堕《お》ちたりというのがセオリーだが、彼女には逆境で折れないしなやかな強さがあった。

三辻はチラリと笑って言った。

「――その同僚の男が紗雪を苛《いじ》める理由、わかる気がするな」

「えっ？」

「君はきれいな顔立ちをしていて、背すじが伸びた姿勢や物腰から育ちのよさが伝わってくる。

女性としての魅力は充分なのに、過去に裏切られた経験からか人を寄せつけない雰囲気があって、それがきっと癇《かん》に障るんだ。手懐けたいのにツンとされて、その男はきっとカチンときたんじゃないかな。それで悔しくて、ネチネチといびり続けてる」

するとと紗雪が、困惑した様子で答える。

「でも、その気がないのに愛想よくなんてできない。変に気を持たせることになるし、だからわたし……」

「紗雪は間違ってないよ。でも君は、そうやって変に男の気を引いてしまう部分があるってことだ」

自分も同じだ――と三辻は思う。

男の力に抗えずにされるがままになりつつも、彼女は目に反抗的な色を浮かべて自分を見つめてくる。それは元々三辻が持つ嗜虐心を大いに刺激し、だからこそ興味をそそられて何度もその身体を貪ってしまったのかもしれない。

するとそれを聞いた紗雪が、困惑した様子でつぶやいた。

「そんなふうに言われても、じゃあどうしたらいいの？　今さら愛想よくするのはおかしいでしょ」

「俺が何とかしてやろうか。そいつに会って、直接言ってあげるよ。『紗雪は俺の女だから手を出すな』って」

三辻がさらりとそう告げると、彼女はひどく動揺し、声をひそめて言った。

「やめてよ、そんなの。三辻くんが言うと全然洒落《しやれ》にならないし、もし警察を呼ばれたらどうするの」

「確かに暴排条例が施行されてからというもの、暴力団を取り巻く状況は厳しくなる一方だ。ヤクザが普通に話しただけでも、相手が『怖かった』『脅されたように感じた』って言えば即パクられる。でもカタギは少々えぐいことをしても、そういう扱いはされない。だから最近は、汚れ仕事は暴排条例の対象外である半グレにやらせるのが常だ」

三辻は「でも」と言い、ニッコリ笑う。

「俺は表向き会社を経営する健全な一般人だから、まったく問題ないよ。だからそいつの名前を教えてくれる？」

すると紗雪がぐっと言葉に詰まり、頑なな表情で答える。

「教えない。これはわたしの問題だから、自分でどうにかするつもり。だから三辻くんは、今の話を忘れて」

「もっと頼ってくれていいのに。だって俺は、紗雪の〝彼氏〟だろ」

「そ、それはそうだけど……」

歯切れの悪い彼女を見た三辻は、「嘘がつけないな」と考える。

（紗雪が俺との交際を受け入れた理由は、そうしないと今の日常生活を失うかもしれないと考えたからだ。ま、「受け入れなければ監禁する」って言ったのは俺だけど）

紗雪が嫌々受け入れたのだと考えると、それはそれで興奮する。とどのつまり、自分は簡単に従わないからこそ彼女が気に入っているのかもしれない——そう思いつつ、最後の水菓子を食べ終えた三辻は紗雪に告げた。

「そろそろ出ようか」

今回は一人三万円ほどのコースだったが、三辻が会計すると彼女はひどく恐縮して言った。

「ご馳走《ちそう》さまでした。ごめんなさい、急な話だったから、今日は持ち合わせがなくて」

「いいよ、気にしなくて。俺は一緒に出掛けたときに女に金を出させるのは、好きじゃない」

車に乗り込み、エンジンをかける。

紗雪はこのまま自宅に送ってもらえると考えていたようだが、途中でアパートがある練馬区ではなく港区《みなと》方面に向かっているのに気づいたようだった。助手席で身じろぎした彼女が、遠慮がちに問いかけてくる。

「あの、三辻くん、一体どこに……」

「俺の自宅。せっかくつきあい始めたんだから、紗雪を招待しようと思って」

顔をこわばらせた紗雪が「えっ」とつぶやき、しどろもどろに言う。

「そんなの、急に言われても困る。明日も仕事だし」

「大丈夫。あとでちゃんと送っていくよ」

寿司屋から車を走らせて二十分弱、港区虎《とら》ノ門《もん》にある三辻の自宅に到着する。

地上四階建てのレジデンスの外観は重厚感のある洗練された雰囲気で、バイリンガル対応のフロントサービスや二重オートロック、モニター付きインターフォンなど、サービスが充実していた。

専用エレベーターで四階に上がり、カードキーで中に入る。間取りは三十畳のリビングダイニングと十二畳のベッドルーム、十畳の書斎となっていて、独り暮らしにしては贅沢《ぜいたく》すぎる造りだ。

リビングに足を踏み入れた紗雪が、目を丸くしてつぶやく。

「……すごいおうちだね。都心でこんなに広いマンションに住むなんて」

「それなりに稼いでるからね。一応、大口顧客を持つ公認会計士事務所の代表だから、これくらいは普通だよ」

「三辻くんの会社は、その……違法なことをしてるの？　組のフロント企業として」

彼女にソファを勧めた三辻は、キッチンで酒の用意をしながら答える。

「表向きは、至ってクリーンだよ。公認会計士の資格を取ったのは大学在学中で、偽造でも何でもないしね。ただ裏で組関係者相手にコンサル業をやっていて、そっちの収入が表の倍ある。裏帳簿で管理して、半分を日向野組と墨谷会に上納し、残りは俺の取り分だ」

白ワインの栓を抜き、グラス二つと共に持っていく。

中身を注ぎ、紗雪とグラス同士を触れ合わせて乾杯した三辻は、一口飲んで言葉を続けた。

「君の叔母が社長を務める前村家具については、リサーチ会社に正式に調査を依頼した。それを基に俺が内容を精査して、社長交代がどういう流れだったか、株式の取得に違法性がなかったかを分析する。ちゃんと着手してるから、少し時間をくれる？」

「……うん」

「それから成塚匡平についても、興信所に調査を依頼した。早ければ一週間程度で報告書が上がってくるはずだから、これもあと数日待っててほしい」

明確に期限を切ったことで、紗雪がホッとした表情になる。ワイングラスを膝の上に置いた彼女が、かすかに微笑んで礼を言った。

「ありがとう。お金も手間もかかるはずなのに……本当に感謝してる」

その顔は普段のどこか身構えたものとは違って柔らかく、三辻の中の興味が疼《うず》く。

紗雪の他の表情も見たくてたまらなくなり、三辻は彼女に提案した。

「だったら、その気持ちを態度で示してくれる？」

「態度って……」

「キスしてよ。紗雪から、俺に」

これまで何度も抱き合ってきたが、三辻は紗雪とキスをしたことはない。

考えてみると、三辻はどんな女が相手でも行為中に唇を触れ合わせたことはなかった。特に意識していたわけではないものの、基本的に女性という生き物を信頼していないため、親密さが増すキスという行為を自然と避けていたのかもしれない。

突然の提案に彼女がドキリとしたように肩を揺らし、動揺した顔でつぶやく。

「わたしが、三辻くんにするの？」

「うん」

「どうして……」

「そういえば、一度もキスをしてないなと思って。紗雪の言うとおり、二人に関する調査にはそれなりに金がかかってるし、お礼としてキスを求めても罰が当たらないんじゃないかな」

三辻がニコニコしてそう告げると、紗雪がぐっと言葉に詰まる。そして小さな声で言った。

「わたし、全部が終わったら、調査にかかった費用を三辻くんに弁済しようと思ってたんだけど……」

「そんなの必要ないよ。そもそも君が俺の〝ペット〟になることが協力するための条件だったし、今は彼女なんだから、そんな相手から金を取ろうとは思わない」

不安ならその旨をしっかり書面にしてもいいと言うと、彼女がようやく安心した顔を見せる。

紗雪がワイングラスをテーブルに置き、小さく言った。

「わかった。……じゃあ、目を閉じて」

三辻が目を閉じるとしばらくの間があり、柔らかな感触がそっと唇に触れる。

瞼《まぶた》を開けた途端、恥ずかしげに目を伏せる紗雪の顔が目の前にあった。三辻は彼女を見つめ、胡乱《うろん》な表情で問いかける。

「今、した？」

「う、うん」

「はっきり言って、された気がしないんだけど」

すると紗雪がじわりと頬を赤らめ、言い返してくる。

「ちゃんとしたんだから、文句言わないで」

「中学生じゃあるまいし、触れただけでキスなんてふざけてるの？　それとも元彼とは、そういうのしかしなかった？」

急に成塚のことを聞かれた彼女が、しどろもどろに答えた。

「しなかったわけじゃないけど……もう三年も前のことだし」

「そっか。じゃあ、舌出して」

紗雪が「えっ」と目を見開き、三辻は再び告げる。

「舌だよ。突き出して……そう」

おずおずと差し出された小さな舌を、顔を寄せた三辻はすくい上げるように舐める。

そのまま大胆に絡ませると、彼女が喉奥から声を漏らした。ぬめる舌は柔らかく、表面がざらりとしていて、擦りつけながら口腔を深く犯していく。

「ぅっ……ふっ、……ん……っ」

逃げようとするのを絡め取り、側面をなぞったり喉奥まで探る動きに、紗雪がくぐもった声を漏らした。互いを取り巻く空気が次第に濃密になっていき、彼女の目が潤む。キスを続けながら胸のふくらみに触れ、先端を引っ掻《か》いたところ、紗雪がビクッと身体を震わせた。

「ぁ……っ」

一度唇を離した三辻は、自身の口の端を舐めながらにんまり笑う。

そして呼吸を乱している彼女の口腔に指を入れ、熱を持つ舌を撫でながらささやいた。

「可愛《かわい》い、そんな蕩《とろ》けた顔して。紗雪は舌も感じやすいんだな」

「……っ」

「ほら、もう一回しよ」

紗雪の顔を両手でつかみ、三辻は深く口づける。

ぬるぬると舌を絡ませ、その感触を堪能しながら、頭の片隅で「悪くない」と考えていた。

普段はキスなどする気になれないが、彼女の反応を引き出す手段としてはなかなかいい。こんなふうに蕩けた顔をするのなら、もっと早くすればよかったという気持ちがこみ上げる。

唇を離した三辻は息を乱す紗雪を見つめ、ニッコリ笑って告げた。

「――ベッドに行こうか」

＊＊＊

三辻に腕を引かれた紗雪は、広々としたリビングを抜けて廊下を進む。

(どうしよう。またひどい抱き方をされるの……?)

一昨日に彼から「俺たちちゃんとつきあおうか」と言われたとき、本当は逃げたい気持ちでいっぱいだった。

しかし三辻が「もし逃げるなら、俺はとことん紗雪を追い込むよ」と発言したことで、不本意ながらも交際を受け入れざるを得ない状況に追い込まれた。翌日は彼から何の連絡もなく、紗雪はホッとするのと同時に「このまま逃げたほうがいいのではないか」という思いにかられ、葛藤していた。

（三辻くんはヤクザだし、いつどんなことで切れるかわからない。このまま仕事を辞めて姿を消して、完全に縁を切ったほうがいい気がする）

そもそも紗雪の中に、三辻に対する恋愛感情はない。むしろ毎回ひどい抱き方をする彼に反発心を抱いており、〝ペット〟ではなくちゃんと恋人として扱うと言われてもまったくうれしくなかった。

だが「もし逃げるなら、とことん追い込む」という発言が、紗雪の動きにブレーキをかける。その言葉どおり、サディスティックな面のある三辻は自分を裏切った女を絶対に許さないだろう。

地の果てまで追い回し、自分の手元に引き戻して、今まで以上にひどい扱いをされてしまうかもしれない。

（やっぱりしばらくは、三辻くんとつきあうふりをするしかないのかな。そして彼を上手く利用して、礼子叔母さんと匡平さんの情報を引き出す……）

再会して半月余りが経つものの、彼はそのあいだこちらの身体を弄びながら、二人の調査にはまったく着手していなかったらしい。

そうしたやり方を見るにつけ、三辻が本当にヤクザなのだということが身に染みて、紗雪は彼を信じていいのかどうか躊躇いをおぼえていた。

（でも……）

今日の三辻は車で紗雪を迎えに来たあと、高級寿司店に連れていってくれた。

さらにそのあとは自宅マンションに招かれ、今までにない〝彼女〟扱いにひどく困惑した。

しかも彼の住まいは四階建ての高級レジデンスで、ラグジュアリーな外観やロビーもさることながら、三十畳はゆうにあるリビングと数メートルの奥行きのあるバルコニー、ハイセンスなカウンターキッチンなど、超がつく大豪邸で気後れしてしまった。

（こんなすごい物件に住んでるなんて、組関係の仕事ってそんなに儲かるのかな。もしかして、違法なことに手を染めてるのかも）

戸惑いが冷めやらぬままソファで濃密なキスをされた紗雪は、今腕を引いて寝室に連れ込まれようとしている。

廊下を進んだ先にあるドアを開けると、そこは広々とした寝室だった。ベッドはクイーンサイズで、グレーとベージュのリネンが落ち着いた印象だ。床に敷かれた毛足の長いラグや壁際に無造作に置かれたアートパネル、一人掛けのソファや個性的な形の照明など、まるでモデルルームのように洗練されたインテリアとなっている。

「あ……っ」

腕を引かれた紗雪はベッドに押し倒され、スプリングで身体が弾む。

上に乗り上げてきた三辻のネクタイを緩める仕草が男っぽく、その端整な顔にドキリとした。悔しいがこの男は本当に顔が整っていて、切れ長の目元やきれいに通った鼻筋、薄い唇に蠱惑《こわく》的《てき》な色気がある。だがいつも微笑みを浮かべた穏やかな表情とは裏腹に、彼の抱き方は容赦のない激しいもので、それが紗雪を怯《おび》えさせていた。

唇に触れるだけのキスをされ、身体がビクッと震えてしまう。三辻は何度かそうして口づけ、紗雪の唇の合わせが緩んだところで口腔に舌を入れてきた。

「んっ……」

ゆるゆると絡ませられる舌は甘く、それに戸惑いをおぼえた紗雪はそっと目を開ける。

すると間近で彼と目が合って、心臓がドキリと跳ねた。薄闇の中とはいえ、カーテンが開いたままの窓からは外のビル灯《あか》りが差し込んでいて、互いの顔がよく見える。こちらの反応を探るような眼差しにかあっと頬が熱くなったのも束《つか》の間、三辻の手が胸のふくらみに触れてきた。

「……っ」

やわやわと揉まれ、ときおり敏感な先端を引っ掻かれるとじんとした感覚が湧き起こる。

彼の唇が耳朶《じだ》を食《は》み、首筋をなぞりつつブラウスのボタンを外されていった。やがてブラがあらわになり、カップをずらした三辻が先端部分に吸いついてくる。

「ぁっ……!」

少し強めに吸いつかれ、甘い疼きに紗雪は息を乱した。一体いつ噛みつかれるのかと身構えるものの、彼は舐めたり吸ったりするだけで歯を立てたりしない。

ホックを外し、緩んだブラから零れ出たふくらみをつかんでなおも先端を吸われながら、紗雪は違和感をおぼえていた。

(何だろう。今日の三辻くん、優しい……?)

普段は自分のしたいことしかせず、こちらの反応は二の次でガツガツ動くのが常なのに、今日の三辻はひどく丁寧だ。だがそれが逆に落ち着かない気持ちを駆り立て、紗雪はモゾモゾと足先を動かしつつ「あの」と口を開いた。

「ん?」

「どうしたの。今日の三辻くん、何か変」

「変って、何が?」

微笑んで問い返され、紗雪は歯切れ悪く答える。

「いつもはすぐ挿れるのに……丁寧だから」

すると彼がクスリと笑い、紗雪の太ももを撫で上げながら言った。

「せっかくつきあい始めたんだから、彼氏らしく優しくしてみようと思って。……ああ、濡れてるな」

「……っ」

下着のクロッチ部分を撫でられ、そこが熱く湿っているのに気づかれた紗雪は、羞恥をおぼえる。割れ目に沿って指を行き来させた三辻が、さらりと提案した。

「――ここ、舐めていい？」

「えっ」

そう言って身体を起こした彼が、紗雪のストッキングと下着を取り去ってしまう。

そして脚の間に身体を割り込ませ、花弁を両手で開いてきて、紗雪は慌てて腕を伸ばして声を上げた。

「やぁっ……！」

「じっとして。あー、エロいね。赤くて、誘うようにヒクヒクしてる」

舌を伸ばした三辻がゆっくりとそこを舐め上げてきて、紗雪は頭が煮えそうになる。

初めて彼に抱かれたときにもされた行為だが、その後の三辻は即物的に挿れることが多く、丁寧な前戯は一切なかった。間近で見られるのも恥ずかしいのに、舌で舐められるなど耐えられない――そう思うのに、舌の感触に反応した蜜口がヒクリと蠢き、愛液がにじみ出るのがわかって、必死に彼の頭を押さえて訴えた。

「やめて……もう挿れてもいいから……っ」

「でも紗雪、こうして前戯したほうがいい反応してるだろ。クリもこんなに勃たせちゃって、可愛い」

「んぁっ！」

敏感な花芽を舌先でぬるぬると嬲り、強く押し潰される。

すると腰が溶けそうなほどの甘い愉悦が湧き起こって、紗雪はビクッと身体を震わせた。音を立てて吸われるのも、舌先で嬲られるのもどちらもよくて、愛液がにじみ出るのを止められない。

花芽への愛撫を止めないまま、三辻が蜜口から指を挿れてきた。潤沢に濡れた内部は苦もなく二本の指をのみ込み、内襞が絡みつく。

ゾクゾクとした快感がこみ上げるのを感じながら、紗雪は必死に腕を伸ばして訴えた。

「やめて……そんなの、しなくていいから……」

今までの彼のセックスは一方的で、嵐のようだった。

こちらの意思を無視して身体を貪られ、だからこそ強い反発をおぼえていたが、こうして急に優しくされるとどう反応していいかわからなくなる。いっそいつもどおりに奪ってくれればいいのに、心とは裏腹に愛撫に反応してしまう自分に紗雪は身の置き所のない気持ちを味わっていた。

「はぁっ……ぁ……っ……ん……っ」

それから長いこと、紗雪は三辻の舌の動きと体内を穿つ指に翻弄され続けた。飽かずに愛撫を続けた彼は、紗雪が二度達したタイミングで指を引き抜き、顔を上げる。

そして自身のネクタイを解き、ベストとワイシャツを暑そうに脱いだ。

（あ、……）

薄闇の中、彼の上半身を見た紗雪は息をのむ。

そこには青黒い墨の濃淡で、麒麟《きりん》と雲、草木、岩場の刺青が入れられていた。最初に抱かれたときにもチラリと見えたが、こうしてシャツを脱ぎ去るとその全貌がよくわかり、何ともいえない迫力がある。

鍛え上げた身体は引き締まって精悍《せいかん》で、若い獣のようなしなやかさがあり、スーツを着ているときより男らしい印象だ。紗雪の視線に気づいた三辻が、チラリと笑って言った。

「そんなに刺青が珍しい？　別にたいしたもんじゃないよ」

「…………」

「ほら、続きしよう」

スラックスの前をくつろげた彼が、昂ぶった自身をあらわにする。

そしてベッドサイドの棚に手を伸ばし、避妊具の箱を取り出した。てっきり生でされるのかと思っていた紗雪は、それを意外に思う。

パッケージを破った三辻は慣れたしぐさで薄い膜を自身に被せ、紗雪の脚を大きく開かせた。そして切っ先を蜜口にあてがい、中に押し入ってくる。

「うぅっ……」

充実した性器は太く、内壁を擦りながら奥へと進む。先端が最奥に届いたところで、彼が動きを止めた。そして浅い呼吸をしながら圧迫感を逃がす紗雪の頬を、優しく撫でてくる。

「平気？」

「……っ、ちょっと、苦しいかも……」

「じゃあ少し、じっとしてよう」

三辻が別人かと思うほど優しく、紗雪は混乱する。

こんな彼は、知らない。端整な見た目に反していつも自分本位なセックスしかしなかったはずなのに、今日は一体どうしたというのだろう。

（もしかして、〝彼氏〟になったから……？）

車で迎えに来たり、高級寿司店のコースをご馳走してくれたり、自宅に招いて優しく抱くなど、まるで本当につきあっているかのようだ。

そう意識した途端、一気に気恥ずかしさが募り、紗雪は身の置き所のない気持ちを味わう。

いくら成り行きでつきあう話になったとはいえ、今も三辻のことは大嫌いだ。自分を騙してさんざん身体を弄び、自尊心を踏み躙った彼を、許すことなどできない。

逃げられないならせめて上手く立ち回り、三辻の持っているコネを利用してやろうと考えていた。なのに急にこんなふうに態度を変えられると、どんな顔をしていいかわからなくなる。

「ぁ……っ」

気持ちに呼応して隘路がきゅうっと締まり、内襞が剛直の幹をゾロリと舐める。

それが心地よかったのか、彼が熱い息を吐いて言った。

「──動くよ」

ゆっくりと腰を引き、再び奥まで腰を進める。

じれったいほど緩やかな律動は、挿れられた楔の太さや硬さをまざまざと伝えてきて、紗雪の肌が粟立た。内壁を擦られる感触にゾクゾクし、最奥を突き上げられるたびに声が出る。

「あっ……はぁっ……ぁ……っ」

気がつけば愛液が大量ににじみ出し、三辻の動きがスムーズになっていた。

痛みはなく、むしろ甘い愉悦だけが際限なくこみ上げてきて、声を我慢することができない。

紗雪の中を穿ちながら、彼が吐息交じりの声で言った。

「すごい濡れてる。俺のをきゅんきゅん締めつけて、ゆっくりされるのが好き？」

「ぁ、違……っ」

「いいよ。紗雪の好きなようにしよう」

「うぅ……っ」

屹立が抜け落ちる寸前まで引き出され、時間をかけて奥まで貫かれる。

こちらを見下ろす三辻の表情は色めいていて、わずかに乱れた髪や首筋から肩にかけてのラインが精悍な色気を醸し出していた。しかし腕と肩にびっしりと施された刺青が禍々《まがまが》しく、それを見た紗雪は現実に引き戻される。

(そうだよ、絆《ほだ》されちゃ駄目。この人は……ヤクザなんだから)


それから長いこと翻弄され、一度果てたあとに再び抱かれて、気がつけば紗雪は深い眠りに落ちていた。

かすかな衣擦《きぬず》れの気配でぼんやりと意識が覚醒し、瞼を開ける。するとシャワーを浴びてきたらしい三辻が、濡れ髪のまま水のペットボトルを手にベッドの端に座るところだった。

上半身裸である彼のしなやかな背中には、雲を纏いながら岩場に降り立つ勇壮な麒麟の刺青がある。胸元から二の腕にも草木や雲が描かれているため、かなりの広範囲だ。普段はきっちりとスーツを着込み、物腰が穏やかな三辻の身体にこんな刺青があるとは、きっと誰も想像しないだろう。

ベッドに横たわったまま、紗雪は彼の背中を見つめてポツリとつぶやいた。

「……刺青、いつ入れたの？」

すると三辻がチラリとこちらを振り返り、小さく笑って答える。

「大学を卒業する直前かな。これだけの範囲だから、仕上がるまで三ヵ月かかった」

「わざわざそういうのを彫るのって、一体どんな気持ち？　自分がヤクザだって見せつけたいから彫るの？」

踏み込みすぎだ――という意識が、紗雪の中にはあった。

たとえかりそめの恋人関係でも、復讐という目的を達成したら自分は彼と距離を取るつもりでいる。元より恋愛感情を抱いていないのだから、三辻のパーソナルな部分に踏み込むのはどう考えても悪手だ。

しかしつい疑問を口にしてしまったのは、純粋な興味があるからかもしれない。すると彼が、水のボトルのキャップを開けながら答えた。

「普通のヤクザは、そういう気分で墨を入れるんだと思う。己の力を誇示したくて、より強く見せたいがために彫るんじゃないかな」

三辻は「でも」と続け、水を一口飲んで言う。

「俺の場合はそうじゃない。親父に無理やり入れさせられたものだから」

「えっ」

「さっき寿司を食いながら、うちの親父が頭のネジがぶっ飛んだ奴だってチラッと話しただろ。あいつが婚外子だった俺を手元に引き取ったのは、自分の組の後継にしたいからだ。だからそういう世界に積極的に触れさせて、興味を持つように仕向けていたんだけど、俺は高校に進学するときに『ヤクザになる気はない』って言った。この業界はとっくに斜陽だし、暴力団員は日常生活でさまざまな制約が課せられる。だからヤクザにはならず、カタギの身分で組に貢献させてほしいって頼んだんだ」

だが日向野は、そんな息子に対して思いもよらぬことを言ったらしい。

「親父は当初、『お前の気持ちはわかった』って理解を示してくれたかに見えた。でも大学を卒業する直前、『この俺の息子が盃も受けねえで「カタギでございます」って面をしているのは、周りに示しがつかない』『だから組に対する忠誠を示すため、お前は背中に墨を入れろ』って言って、俺に刺青を入れるように強要してきた」

それを聞いた紗雪は、驚きに目を瞠りながらつぶやく。

「そんな……お父さんが、刺青を入れるように強要したの？　実の息子なのに？」

「ああ」

三辻は皮肉っぽく笑い、言葉を続けた。

「別にヤクザだからって絶対に刺青を入れなきゃいけないルールはないし、名のある親分の中にも背中がきれいなままの人は何人もいる。でも親父いわく、刺青は『自分はもうカタギじゃない、死ぬまでヤクザとして生きる』っていう覚悟だっていうんだ。あいつは俺にそれを強要することで、自分の手元に縛りつけたつもりでいるんだろう。金儲けが上手い俺から上納金を吸い上げ、いずれ頃合いを見て組を継がせるつもりなのかもしれない。確かにこんな身体では、カタギに戻るのなんて無理だしな」

彼の口調がどこか自嘲的に聞こえ、紗雪は寝具で胸元を隠しつつ起き上がる。そしてその背中に向かって声をかけた。

「そんなことないんじゃない？　だって三辻くんは誰からも盃をもらってなくて、自分でちゃんとした会社を経営してるわけでしょう？　裏の仕事を受けず、組に上納金を納めるのもやめてそういう人たちとの関係を絶てば、充分カタギとしてやっていけるんじゃないの」

するとご三辻がこちらを振り向き、まじまじと紗雪の顔を見つめて、意外そうに言った。

「紗雪がそんなふうに言ってくれるなんて、予想外だ。だって君、俺のことが嫌いだろ」

「確かにそうだけど……あっ、そうじゃなくて、その……つきあうんだから、少しは好きになりたいとは思ってるけど。でも親に強要されてヤクザになるなんて、おかしいよ。三辻くんは表の世界で通用する難関の資格を取得して、経営者として努力してるのに」

紗雪の心に渦巻くのは、怒りとも困惑ともつかない複雑な気持ちだった。

最初に彼から「自分はヤクザだ」と聞いたとき、自ら進んでその道に行ったのだと思っていた。実際に三辻はそれを裏づけるように二面性のある性格で、穏やかな表の顔とは真逆のサディスティックな一面を持っている。

紗雪への態度も傲慢《ごうまん》で、常人とは明らかに違う考え方をする彼には怖さがあり、到底理解できないと思っていた。

(でも……)

三辻がかつてヤクザにはなりたくないと思っていたこと、しかし父親に無理やりその道に引きずり込まれ、半ば開き直っているかのように見える今の姿を目の当たりにすると、どこか痛々しさをおぼえる。すると彼が小さく噴き出し、楽しそうに言った。

「別に嘘つかなくてもいいよ、好かれるようなことは何もしてない自覚があるから。それにしても、嫌いな相手にそういうことを言える紗雪は超がつくほどお人好しなんだな」

「そ、そうかな」

「うん。だから元彼や俺みたいな悪党に、つけ込まれる。若くてきれいな時期をいいように利用されて、気がついたら底辺にいるんだ。そうやって男に騙される女は、世の中にいっぱいいる」

一旦言葉を切った三辻が、クスリと笑ってこちらを見る。

「ていうか、叔母と男に騙されて身ぐるみ剝がされてる時点で、充分底辺だと思うけどな。それでまた俺みたいのに引っかかってるんだから、つくづく運がないね」

腕を伸ばした彼が、紗雪の乱れた髪のひと房を手に取り、自身の口元に持っていく。

紗雪はその瞳をじっと見つめ、口を開いた。

「確かにわたしはかつて何も知らない箱入り娘だったたし、今だって狭い範囲で生きていて、自分より強い人間にいいように使われるだけの弱い存在なんだと思う。でも三辻くんと再会して『二人に復讐したい』っていう強い気持ちを持てたし、そのためならどんなことだってする覚悟も決まった。だから今こうして三辻くんと一緒にいるのも納得してるし、後悔してないよ」

「…………」

三辻はしばらく無言だった。

彼の表情は、相変わらず何を考えているかはわからない。やがてふっと気配を緩めた三辻が、ふいに顔を寄せてきた。

「――……」

彼の端整な顔が近づき、唇に触れるだけのキスをして離れる。

その静かさに思わずドキリとする紗雪に、三辻が吐息の触れる距離で問いかけてきた。

「今日はうちに泊まる？　それとも帰る？」

「あ、明日は仕事だし、帰らないと……」

「じゃあタクシーで送っていくから、シャワー浴びてきて」

バスルームはまるでホテルのような内装で、紗雪はそこで身体を洗った。

そしてコンシェルジュが呼んだタクシーで帰途についたが、わざわざ三辻が同乗したのが意外だった。

「あの、一人で帰れるし、気を使わないで」

「いいよ。俺が好きでやってるんだから」

タクシーに乗り込んだあと、彼との会話は特になかった。

紗雪のアパートがある練馬区までは三十分余りの距離で、虎ノ門の三辻の自宅まで戻ると往復で一時間かかることになる。それが申し訳なく、ひどく居心地の悪い気持ちを味わっていると、隣に座る彼がふいに手を握ってきた。

「……っ」

指同士を絡み合わせる動きは先ほどまでの情事を彷彿《ほうふつ》とさせ、紗雪の頬がじわりと熱くなる。すぐに振り解きたい衝動がこみ上げたものの、わざわざ自宅まで送ってくれている三辻にそんなことはできず、紗雪はぐっと言葉をのみ込んだ。

彼の手は指が長く、こちらの手をすっぽり包み込む大きさがあり、温かい。これまで三辻のことを得体の知れない男だと感じて苦手意識があったが、今日で何となく距離が近くなった気がしていた。それは彼のパーソナルな部分に触れたからかもしれず、紗雪は複雑な思いにかられる。

(別に絆されたわけじゃない。わたしたちは恋人同士じゃないし、何よりこの人はヤクザなんだから、極力関わりを持たないほうがいいに決まってる。でも――)

彼もさまざまなことを考えている〝人間〟だという事実は、当たり前なのに紗雪の心を揺らしていた。身体に刺青を入れた経緯を語ったときの自嘲的な声音が、いつまでも耳から離れない。

深夜の幹線道路は、昼間に比べて閑散としていた。タクシーの窓から暗い外を眺めながら、紗雪は三辻の手のぬくもりをじっと意識し続けていた。

第四章

今日から七月というこの時季は梅雨真っ盛りで、外は雨模様が続いている。

じめじめと蒸し暑く、洗濯物がよく乾かない日々が続いており、リモコンを手に取った紗雪はエアコンを除湿運転にした。土曜日である今日は仕事が休みで、朝は七時に起きて溜まっていた一週間分の家事をこなしている。かつては数々の習い事をしていても料理や掃除は習得しておらず、独り暮らしを始めた当時は家事一般に四苦八苦していたが、今はもう慣れたものだ。

洗濯をしながらキッチンや浴室、トイレなどの水回りを掃除し、ベッドリネンも換える。このあとは日用品と食料品の買い出しに近所に出掛け、特売品の肉などを小分けにして料理の作り置きをする予定だ。そしてすべてが終わったら資格の勉強をするというのがいつもの週末のルーティンだが、気がつけばスマートフォンをチラチラ見ている自分に気づき、紗雪は忸怩《じくじ》たる思いを噛みしめた。

（別に、三辻くんからの連絡を待ってるわけじゃない。ただこの十日くらいは全然連絡がない

し、もしかしたら今日連絡がくるかもしれないって思うと、ついそわそわしちゃうだけで）

それまでの会社に呼びつけられて抱かれるだけの関係から一転、三辻の言うところの〝彼氏彼女〟になった翌々日にデートをしたのは、半月前の木曜日の話だ。

あの日、紗雪は彼の自宅に初めて招かれて抱き合った。セックス自体はもう何度もしているものの、一方的に貪られるのではない行為は初めてで、戸惑いをおぼえた。

さらに三辻の刺青にまつわる話を聞かされ、彼が自ら望んで彫ったものではないのを知って、何ともいえない気持ちを味わった。

（わたし、三辻くんのことが大嫌いだったはずなのに、あの人の話を聞いて同情してる。それともこう考えることすら、三辻くんの思う壷《つぼ》なのかな……）

三辻は仕事が忙しいらしく、それから二日ほど連絡がなかった。しかし日曜の昼に「これから迎えに行く」とメッセージが届き、紗雪は彼と銀座《ぎんざ》でデートすることになった。驚いたのは、三辻が服や靴、バッグなど、紗雪に大量のプレゼントをしてきたことだ。

彼は目についたブランドショップに気兼ねなく足を踏み入れては、こちらに似合いそうなものを次々と試着させ、それらをすべて購入してしまった。三辻はまったく値札を見ておらず、総額はトータルで百万円を超えたはずで、紗雪は慌てて言った。

『三辻くんの気持ちはうれしいけど、受け取れない。こんなにたくさん、しかもブランド物の服やバッグをもらっても、わたしには着ていくところがないし』

『俺が紗雪を着飾らせたいだけだから、受け取ってよ。服はデートのときに着ればいいだろ』

彼に買ってもらったものは、クローゼットの中にしまわれている。

急に本当の〝彼女〟のように扱われ始めて、紗雪はひどく困惑していた。三年前に叔母から全財産を奪われたあと、紗雪はそれまで所持していたブランド物の衣服やバッグなどを生活費の足しにするために売ってしまい、今は至って地味な服装だ。そんな女と並んで歩くのが恥ずかしいと考える三辻の気持ちは何となく理解でき、結局プレゼントを受け取らざるを得なかった。

紗雪の戸惑いの原因は、それだけではない。あの日、銀座の買い物のあとで自宅マンションに向かおうとする彼に、紗雪は「今日は生理なので、あなたの家には行けない」と申し出た。

本当は口に出すのは恥ずかしく、女性として伏せておきたいことだったが、押し倒されてから言い出して三辻が怒ったり、無体な真似《まね》をされるかもしれないのを思うと、先に言ったほうがいいと考えてのことだった。しかし意を決して告げた紗雪に対し、彼の反応は予想外のものだった。

『だったら、今日あちこち歩くのはつらかったんじゃない？　腰とかお腹とか痛かったんじゃ』

『う、うん。でも家を出る前に鎮痛剤を飲んでたし、耐えられないほどじゃないから』

彼は運転席から腕を伸ばし、紗雪の頭をポンと撫でて言った。

『体調が悪いのに、気づかなくて悪かった。これからは会ったときに、ちゃんと言ってくれるとうれしい。身体に負担がないように予定変更とかするから』

思いのほか優しい対応をされ、紗雪はどんな顔をしていいかわからなかった。

結局その日は自宅まで送ってくれ、別れ際にキスだけして終わった。てっきり行為ができない自分には価値がないのだろうと考えていたが、その三日後、仕事のあとに三辻に呼び出されたときも食事だけで終わり、身体を求めてくる気配がまったくない彼に紗雪は心を乱されていた。

(ここ最近の三辻くんの態度は、まるで本当の彼氏みたい。わたしに優しくするのは、ただの気まぐれ？　あとで大きなしっぺ返しがあるの……？)

今までの三辻のひどい抱き方やこちらに自慰行為を強要したことは、紗雪の心の傷になっている。何より彼はヤクザなのだから、紗雪が油断したところで「調子に乗るな」と嘲笑《あざわら》ってひどいことをしたり、これまでの代償としてより過激な行為をされる可能性は充分にあった。

(そうだよ、信用して騙されたら馬鹿を見る。三辻くんは、普通の人とは考え方が違うんだから)

だが食事の日以降、三辻からの連絡はぱったり途絶えた。あれから十日、紗雪はひどく落ち着かない気持ちで日々を過ごしている。

彼が連絡を寄越さなくなった理由は、一体何なのだろう。電話番号もトークアプリのＩＤも知っているのだから、こちらから連絡すればいいのかもしれないが、それはしたくない。

（もしかして、わたしに飽きた？　だから急に連絡を寄越さなくなったの……？）

だとすれば、それはこちらにとって都合のいい展開のはずだ。

三辻がヤクザだと知り、サディスティックな抱き方に翻弄されていたときは、彼と早く縁を切りたくてたまらなかった。しかしいざ連絡が途絶えると、その理由が気になって仕方ない。何か連絡できない理由があるのか、それともこちらに飽きただけなのか。そんなことを考え、日々悶々《もんもん》としている。

ため息をついた紗雪は、買い物に出掛けた。アパートから徒歩十分のところにあるドラッグストアでシャンプーや洗剤などの日用品を購入し、次いでスーパーに向かって特売品の肉や野菜、パンなどを買うと、結構な大荷物になった。

空には重い雲が垂れ込め、今にも雨が降り出しそうな天気だ。じめついた蒸し暑い空気の中、荷物の重さを感じながら歩いていた紗雪は、ふと視線を感じた気がして振り返った。

「——……」

すると少し離れたところを、キャップを被った若い男が歩いていた。

視線を戻してアパートに向かって歩き出し、しばらくしてそっと振り返ると、彼はまだいる。

しかも被っていたキャップをぐっと下げ、こちらから顔を隠すようなしぐさをしていて、紗雪の心臓が嫌なふうに跳ねた。

（もしかして、後をつけられてる？　こんな白昼堂々……？）

そういうことをされる心当たりはなく、紗雪は目まぐるしく考えながら歩き続ける。真っすぐ自宅には帰らず、どこか迂回したほうがいいだろうか。それとも交番に行くべきか――そんなふうに考えているうち、眼前に自宅アパートが見えてきて、じりじりと焦りがこみ上げる。

そのとき往来の向こうから歩いてきた顔見知りの中年女性が、紗雪に声をかけてきた。

「あら、お買い物行ってたの？」

「あっ、こ、こんにちは」

同じアパートの住人である彼女は五十代半ばで、よく郷里から届く野菜や果物をお裾分けしてくれ、会えば世間話をする仲だ。

女性と話をしているうち、キャップの男が背後を通り過ぎていった。彼が角を曲がって姿を消すのを確認した紗雪は、ホッと胸を撫で下ろす。

（いなくなった……よかった）

女性に挨拶をして自宅に入り、玄関に鍵をかける。

さっきの男は、一体何だったのだろう。たまたま同じ方向を歩いていただけという可能性もあるが、彼の視線を背中に強く感じていた紗雪は、自分が後をつけられていたのだと確信していた。

(でも、一体何のために？　もし会社帰りとかに、また後をつけられたりしたら……)

モヤモヤした思いが胸に渦巻き、外からの視線を気にしてカーテンを閉じる。

結局その日は三辻からの連絡はなく、失望に似た気持ちを味わった。だが翌日の日曜、朝十時にスマートフォンが鳴り、「今日会える？」というメッセージが届いているのを見た紗雪は、ドキリとする。

(三辻くんから、連絡がきた。これってデートの誘いなのかな)

何も予定がない紗雪が「大丈夫」と返すと、すぐに彼から「じゃあ、これから迎えに行く」という返事がくる。

立ち上がった紗雪は、そわそわと落ち着かない思いでクローゼットを開けた。そこには三辻からプレゼントされたブランド物の衣服やバッグなどが並べられており、それを見てしばし悩む。

(これを着て三辻くんに会うの、気合が入ってるみたいで何だか恥ずかしいな。でも職場には着ていけないものだし、わざわざ買ってくれたんだから、ちゃんと着てみせるべき？)

迷った末、紗雪はモカピンクの清楚なワンピースを選んだ。シアーな五分袖とフロッキー加工の花柄が華やかなもので、髪は緩やかに編み込んだまとめ髪にする。

こんなふうに着飾るのは、三年ぶりだった。小さなピアスを着け、形のきれいなパンプスと華奢なデザインのバッグを合わせるとコーディネートは完成で、ほどなくして三辻から「着いたよ」というメッセージが届く。

自宅を出た紗雪は、路上に停車中の彼の車に歩み寄った。助手席のドアを開けて乗り込むと、こちらを見た三辻が微笑んで言う。

「久しぶり。その服、着てくれたんだ」

「う、うん」

「いつも地味な色の服装だけど、紗雪はそういう優しい色が似合うよ。いかにもお嬢さまらしい雰囲気で」

今日の彼はスーツではなく、白のボタンダウンシャツに黒のテーラードジャケット、チャコールグレーのパンツで、普段より幾分ラフな服装だ。そういう恰好を初めて見た紗雪は、ひそかにドキリとした。

（三辻くん、やっぱり恰好いいんだよね。中身は問題ありだけど）

十日ぶりに三辻に会うと、ひどく久しぶりな気がした。それまで日を置かずに会社に呼ばれて抱かれていたため、こんなに間が空くと妙に緊張してしまう。

彼が自分と会わなかったのは、生理で性行為ができなかったからだろうか。それとも前回抱き合ったときに優しくしたのが物足りず、こちらとの行為に飽きてしまったのか。

今まで何度となく考えてきた疑問がまた頭をもたげ、紗雪は目を伏せる。だとすれば、それは自分にとって朗報のはずだ。元より望んで三辻と身体の関係を持っているわけではなく、むしろ苦手意識がある。

前回はたまたま優しくしてもらえたが、彼の本性はサディスティックで自分本位なはずで、本音を言えば二度と抱き合いたくない。

(でも……)

運転する三辻に、紗雪はそっと視線を向ける。前回、前々回に会ったときの彼はとても穏やかで、自分が大事にされている実感があった。一方的に貪るのではなく、紗雪に対して気遣いを見せたり惜しげもなく金を使ってくれ、そんな様子を目の当たりにすると心が揺れていた。

(どっちが本当の彼なんだろう。ヤクザでわたしを虐《しいた》げても平気な三辻くん？　それとも、スマートで優しい三辻くん？　……元々親しかったわけじゃないから、わからない)

そんなことを考えていると、ふいに三辻が視線を向けてきて紗雪の心臓が跳ねる。彼が心配そうに問いかけてきた。

「もしかして、まだ具合悪い？」

「あ、ううん。もう平気」

「そっか」

彼がかすかに微笑み、紗雪は気まずさを誤魔化すように目をそらす。

「あの、今日はどこに行くの？」

「代官山《だいかんやま》のフレンチを予約してる。そのあとは買い物か、軽くドライブでもしようか」

その内容はまるで本当につきあっている者同士のデートで、居心地の悪い気持ちがこみ上げる。

手元に目を伏せた紗雪は、小さな声で告げた。

「フレンチのお店を予約してるなら、わたしがいつもどおりの恰好で来てたら入れないところだったね」

「その場合はどこかでドレスコードに合う服を買えば済む話だから、まったく問題ないよ」

ニッコリ笑った三辻は、前を向いて運転しながら「ところで」と言う。

「紗雪の叔母による前村家具の会社乗っ取りに関してだけど、俺なりに要点を整理してみたんだ。聞きたい？」

「えっ、うん」

「いろいろ説明しなきゃいけないから、家で腰を落ち着けてからのほうがいいかもしれないな」

交際を申し込んできた際、彼は「これまでおざなりにしていた礼子と成塚の調査について、本腰を入れる」と約束したが、紗雪はどこか懐疑的だった。

何しろ三辻は、こちらの身体をさんざん弄んでおきながら肝心の案件を放置していた鬼畜な男だ。あれから半月が経つが、彼が本当に調べてくれていたのだとわかり、紗雪の気持ちが高揚する。三辻が自分に嘘をつかず、ちゃんと調査に着手してくれていたことが、うれしかった。

その後訪れたレストランは、魚介中心の前菜やこだわりのメインが売りの繊細なフレンチで、紗雪は久しぶりのコース料理を愉しんだ。そして大黒《だいこく》ふ頭《とう》までドライブをしながら、互いの大学時代の話をする。

聞けば三辻は都内の難関大学に一発合格し、在学中に公認会計士の資格を取ったらしい。公認会計士資格は医師や弁護士と並ぶ三大国家資格と言われており、他の二つと比べて格段に合格率が低いという。紗雪は感心してつぶやいた。

「すごいね、大学に通いながらそんな資格を取るなんて。わたしが三辻くんを知ってるのは中学時代だけだけど、あまり授業を真剣に受けてないイメージだったから、すごく意外」

「高校で真面目に頑張ったんだ。入ったところは底辺の私立で、そこから猛勉強の末に大学に合格して、在学中に公認会計士の資格取得を目指した」

「どうして……」

「稼げる仕事だったから」

三辻は父親からゆくゆくは組に入るように強制されていたものの、「とにかく稼いで、シノギの面で貢献すれば文句はないだろう」と考え、意地で資格を取得したらしい。

たとえ学生でも、公認会計士の有資格者は非常勤アルバイトとして働くことができ、大手監査法人なら時給が五千円にもなるという。彼は大学三年生からインターンシップという形で監査法人に入り、卒業後は二つの会社での勤務経験を経てエルデコンサルティングを開業したのだと語った。それを聞いた紗雪は、驚きながら問いかける。

「それって、組にお金を渡すために頑張ったってこと？　大学時代からずっと……？」

「俺が表向きカタギでいるためには、説得力が必要だったんだ。暴力団員にならなくてもこれだけ稼げる、むしろ一般人でいたほうが働きやすいんだっていうのを形で示さなきゃならなかった」

聞けば聞くほど困惑し、紗雪は先日の三辻とのやり取りを思い出す。

(三辻くん、背中の刺青はお父さんに無理やり彫らされたものなんだってこのあいだ言ってた。それってやっぱり、ヤクザにはなりたくなかったってことだよね)

彼がカタギに踏み留まるため、高校時代から涙ぐましい努力を積み重ねてきたのだと知った紗雪は、複雑な気持ちになる。

今までは三辻のサディスティックな一面を見るたび、「彼はヤクザなのだから」と納得していた部分があった。しかし今の彼の話とここ最近の態度を見るにつけ、本当の三辻はもっと違う人間なのではないかという思いがこみ上げる。

（わたし……）

考え込む紗雪をよそに、彼が食後のコーヒーを飲みながらさらりと言った。

「今も正式な組員ではなくて表向きはカタギだけど、やってることはヤクザと一緒だよ。紗雪も知ってるとおり、背中に刺青も入ってるし」

三辻が笑い、カップをソーサーに置いてこちらを見る。

「もうこの話は終わり。このあとは俺のマンションに行くけど、いい？」

「……うん」

三辻のマンションに着いたのは、午後三時過ぎだった。彼の自宅は相変わらずモデルルームのようで、西日が差し込む広々としたリビングはすっきりと片づいている。

アイスコーヒーを淹れてくれた三辻がソファに座り、紙とペンをテーブルに置いて口を開いた。

「前村家具のことだけど、民間のリサーチ会社に依頼して取り寄せた資料を基に、これまでの経緯を分析した。まず製造業における〝中小企業〟の定義だけど、資本金三億円以下、または従業員数三百人以下を差す。前村家具は従業員数は九百人だけど、資本金は五千万円だから、中小企業だ」

紗雪が頷くと、彼が紙に要点を書きながら言葉を続ける。

「中小企業の大半は定款《ていかん》で自社の株式に譲渡制限をかけているから、もし譲渡する際には取締役会や株主総会による承認が必要だ。でも、その効力が及ばない場合がある。――それは相続だ」

「相続……」

「会社の代表取締役が亡くなって、相続人に株式が遺された場合、それは取締役会などの承認を得なくても取得できるってことだ。前村家具の社長が亡くなったあと、その持ち株は一人娘である紗雪が相続することになっていた」

紗雪の父である前村康孝《やすたか》が持っていた持ち株は全体の四十六パーセントで、常務の礼子は三十パーセント、社内叩き上げで一族出身ではない専務と他の複数の役員たちの合計は二十四パーセントという比率だったという。

「どうやら礼子は前村社長が亡くなる前に、会社乗っ取りを企んでいたみたいだな。他の役員たちの持つ株式をすべて買い取れば、彼女の持ち株は五十四パーセントとなり、取締役人事の議決が可能になって合法的に社長の座に就くことができた。でも、どうやら買収は失敗したみたいだ」

役員のうち二人には彼女の要請に応じた形跡があり、前村社長が亡くなる前年に礼子の持ち株比率は三十五パーセントに増えていたものの、それ止まりだったらしい。

三辻が一旦言葉を切り、再び口を開いた。

「相続に話を戻すと、亡くなった人が会社経営者だった場合、相続人が株式を相続するケースが多い。ただし相続するのはあくまで会社の〝株式〟であって、代表取締役等の地位まで引き継ぐわけではないんだ。じゃあ会社に無関係な相続人が、無用の長物である株式をどうするかというと、売却して金に換えるという手段がある。だが非上場株式では、他者への譲渡や売却が難しい。さっき言ったとおり、定款でそうできないように定めているから」

非上場株式は価格が不明確なため、専門家に依頼して価格を算定してもらうことになるが、相続人にはその結果に応じた相続税が課される。場合によっては莫大な税金を支払わなければならなくなるが、それを免れるためにはいくつかの方法があるのだと三辻は説明した。

「中小企業の非公開株式の場合、株式が第三者の手に渡って株主が増えると、その後の経営に差し支える恐れがある。だから次に代表取締役になる人、もしくは会社自体が相続人から株式を買い取るのが一番スムーズな方法なんだ。でもその場合は、株式の買い取り価格が争いの焦点になることが多い。会社は相続人からできるだけ安く自社株を買いたいし、相続人は逆に高く売りたいからね」

「………」

「相続税を免れるもうひとつの方法は、〝相続放棄〟すること。亡くなった人が持っていた株式や預貯金、不動産といったプラスの財産と、金融機関からの借り入れやローンの支払いといったマイナスの財産、どちらも一切受け継がないという手続きのことだ。相続放棄でさっき言った株式の相続を免れることができるけど、同時に株式以外の財産も相続できなくなってしまう。紗雪がさせられたのは、このケースだよ」

確かに紗雪は、父が遺した預貯金や土地家屋などの不動産、すべてを奪われた。彼が紙を裏返し、新たにペンを走らせつつ言った。

「じゃあ〝相続〟とは何かというと、人が亡くなった場合、所有していた財産は相続順位の高さに応じて引き継がれる。まずは死亡者の配偶者と子ども、これが第一順位。二番目は死亡者の両親や祖父母、そして第三順位が死亡者の兄弟。紗雪の父方の祖父母は？」

「二人とも、わたしが小さい頃に亡くなってる。わたしの母も」

「だったら妻と両親がいない前村社長の遺産は、娘である君が総取りだったわけだ。亡くなった人にどれだけ莫大な財産があっても、後順位相続人は先順位相続人がいるかぎりそれを手に入れることはできない。だから第三順位である礼子は、君の父親の遺産に関しては完全に蚊帳《かや》の外であるはずだった」

だが娘の紗雪を差し置いて、父の妹である礼子がすべてを受け継いだ。それは一体どういうことかを、三辻が説明する。

「相続放棄をするには、いくつかのプロセスがある。自分が遺産を一切受け継がないという意思を表明するために〝相続放棄申請書〟を家庭裁判所に提出し、それが受理されると〝相続放棄申述受理通知書〟が自宅に届く。通知書に同封されている書類に記入し、他に必要なものを揃えて裁判所の窓口もしくは郵送で申請書と一緒に提出すれば完了だけど、紗雪は自分でそうした手続きをした覚えはないんだろ？」

「うん。叔母さんが『煩雑なことは、すべて私に任せてね』って言って、わたしに何もさせなかったから」

「でも事実として相続放棄をさせられ、遺産がすべて礼子に行ってるんだから、誰かが君の自宅に届いた書類を使って一連の手続きをしたってことだ」

「たぶんそれは、わたしが当時つきあってた成塚匡平だと思う。父が亡くなったあと、呆然自失だったわたしを支える名目で、頻繁に家に出入りしていたから」

初めての交際相手である成塚を、紗雪は信頼していた。優しく穏やかな彼は父の死後に一カ月半ほど屋敷に通い詰め、自ら紗雪の生活の面倒を見てくれた。それまで雇っていた家政婦は成塚の提案で暇を出したため、彼がこちらの目を盗んで家探ししたり、郵便物を抜き取る機会はいくらでもあったはずだ。

それを聞いた三辻が、頷いて言った。

「相続放棄をするタイミングで紗雪の家にその男が出入りしていたのなら、やはり一枚噛んでいる可能性が高いと思う。つまり礼子とグルってことだ」

「三辻くんと再会した日、わたしは新宿で二人が一緒にいるところを偶然見かけたの。それを見た瞬間、やっぱりあの人たちは繋がってて、結託してわたしからすべてを奪ったんだってわかった。そして父の死が偶然じゃないんだってことも」

成塚と知り合ったのは、父が亡くなる一ヵ月余り前だ。

彼は紗雪の相続放棄の手続きが完了した時点で何も言わずに姿を消しており、礼子が仕込んだ〝役者〟だったことを如実に表している。

（もし礼子叔母さんが会社を手に入れるため、事故を装ってお父さんを殺したのなら、許せない。……その手伝いをした匡平さんのことも）

紗雪が膝の上に置かれた拳をぐっと握りしめると、三辻がそれを見つめながら言う。

「興信所に成塚匡平の素性について調査を依頼してるけど、何も出てこないようなんだ。名前で調べても引っかからないし、礼子と会っている形跡もない。だから顔も素性も、現段階ではまったくわからないって」

「……そうなの？」

匡平については進展がないと聞き、紗雪の心に失望が広がる。だが何もせず漫然と待っているだけの自分が、文句を言う筋合いはない。そう思いつつ、紗雪は三辻に告げた。

「三辻くんの説明、すごくわかりやすかった。三年前、自分なりにいろいろ調べてみたけど、弁護士に詳しい調査を依頼するお金がなくて手をこまねいていたの。こうして図解で説明されて、一連の流れがどういうことなのか詳細を理解できたけど、三辻くんは詳しいんだね」

「公認会計士の仕事には、事業継承の手続きもある。だから専門といって差し支えないよ」

「そうなんだ」

彼はボールペンの端をノックしてしまいながら、言葉を続けた。

「ちなみに諦めるのは、まだ早い。書類の偽造などによって相続人の知らないあいだに手続きされた相続放棄は、たとえ家裁で受理されていたとしても無効になる。その申し立ての期限は十年だから、紗雪が礼子から遺産を取り戻せる可能性は充分あるんだ」

「本当？」

「ああ。でもどうせなら、君を騙した成塚匡平にも落とし前をつけさせてやらないとな。前村社長の死に関係しているかどうかも本人に聞きたいし、だから奴の情報が出てくるまでもう少し時間をくれる？」

三辻の言葉に「うん」と頷きながら、紗雪は事態が大きく進展したことに深い感慨をおぼえていた。

これまでは彼らを恨みながらも何から手をつけていいかわからず、礼子に奪われたものは二度と手元には戻らないと諦めていた。あの二人に証拠を突きつけて罪を糾弾したい、可能なら社会的制裁を与えたいという思いをぼんやりと抱いていたものの、三辻の話を聞いてそれが明確な形になってきた気がする。紗雪は微笑んで言った。

「三辻くん、本当にありがとう。あなたに会えなかったら、わたしは二人を恨むだけでそれ以上は進めなかった。少しずつでも父の死の真相に近づけているんだと思うと、すごくうれしい」

すると彼が目を瞠り、まじまじとこちらを見る。その眼差しに居心地の悪さをおぼえた紗雪は、三辻に問いかけた。

「えっと、何？」

「いや、紗雪が笑うのを見たの、初めてかもしれないと思って」

「そ、そう？」

「うん。ちょっと優しくされたくらいで笑顔を見せるなんて、紗雪はちょろいね。だから俺みたいなのにたやすく引っかかるんだよ」

それを聞いた紗雪は、彼に向き直って言う。

「わたしは三辻くんが調べてくれたことを本当にありがたいと思ったから、そう言っただけだよ。それをちょろいとか茶化したいなら、勝手にそう思ってればいいでしょ」

三辻が何ともいえない顔で、こちらを見る。しばらく沈黙していた彼は、やがてふっと笑ってつぶやいた。

「そっか。……いろいろゴタついてる中で前村家具について調べてたから、そう言ってもらえると報われた気がする」

「もしかしてずっと連絡してこなかったのって、仕事が忙しかったから？」

「うん。少し面倒なことがあってね」

ふいに三辻が向かいのソファから立ち上がり、テーブルを回り込んで紗雪の隣に座る。

そして「だから」と言って、ニッコリ笑った。

「ちょっと俺のこと、癒やしてくれる？」

「えっ？　……あっ」

突然ソファの上に身体を押し倒され、紗雪の心臓が跳ねる。彼がこちらの身体を抱きしめ、胸に顔を埋めながらつぶやいた。

「はー、落ち着く。紗雪の胸、柔らかくていい匂いがするね」

てっきり行為になだれ込まれるのかと思いきや、三辻はそれ以上何もしない。

彼の身体は細身でありながら筋肉質なため、ずっしりとした重みに紗雪は息を詰める。ドクドクと鳴る心臓の鼓動を三辻に聞かれているのだと思うと、ひどく落ち着かない気持ちになった。

（でも……）

彼が疲れているのが触れた身体から伝わってきて、紗雪は躊躇いがちに腕を伸ばす。

そっと三辻の髪に触れてみると思いのほか柔らかく、意外に思った。整髪料で少しごわついた感じはあるものの、さらりとして指どおりのいいそれを撫でながら、紗雪は彼に問いかける。

「面倒なことって、表の仕事で……？」

「いや、裏だよ」

「……そう」

これまでの会話で、三辻が本当はヤクザになりたくなかったのだと知っている紗雪は、それを聞いて複雑になる。

〝癒やされたい〟ということは、身体で慰めてほしいという意味だろうか。叔母と匡平について調べてくれた対価として抱かれるなら、それはそれで構わない気がする。

そんなふうに考える紗雪だったが、彼はまったく動こうとしない。どのくらいの時が経ったのか、小さく息をついた三辻が身体を離して言った。

「充電完了。そろそろ送っていくよ」

「えっ、でも……」

紗雪から離れてソファから立ち上がった彼は、凝っているらしい肩を押さえながら告げる。

「本当は晩飯も一緒に食べたかったけど、このあと人と会わなきゃいけないんだ。だからまた今度にしよう」

「あ、だったらわたし、自分で帰るから」

紗雪が慌ててバッグを手に取ろうとすると、三辻が事も無げに言った。

「ちゃんと家まで送っていくよ。俺が誘ったんだし、最初からそのつもりだったから、気にしないで」

車で三十分余りかけて自宅に到着した頃には、午後四時半を過ぎていた。

西日が眩しく降り注ぐ中、アパートの前に車を停めた三辻がこちらを見て言う。

「じゃあ、また」

「うん。送ってくれてありがとう」

車から降りた紗雪は、彼の車が走り去っていく様を黙って見送る。

今日は十日ぶりに会ったのに、三辻は性的な行為を何もしなかった。それは喜ぶべきであるにもかかわらず、なぜか寄る辺のない気持ちがこみ上げ、そんな自分に戸惑う。

（三辻くん、やっぱりわたしとするのに飽きたのかな。……キスもしないなんて）

そのくせわざわざ迎えに来てデートしたり、「充電させて」と言って抱きしめてくるのだから、よくわからない。

自宅に入るとムッとした熱気が立ち込めていて、紗雪は窓を開けた。首元をぬるい風が吹き抜けていくのを感じながら、ふと自分の中で当初三辻に抱いていた嫌悪感が薄れているのに気づく。

（馬鹿みたい、わたし。ちょっと優しくされて彼女みたいに扱われて、すぐにこうやって気を許すから彼に「ちょろい」って言われちゃうんだ。……全部が終わったら、三辻くんとの関係は解消するつもりなのに）

窓辺から離れて着替えようとした瞬間、胸元から彼の香りがかすかに漂って、思わず動きを止める。

それを嗅いだ途端に胸がきゅうっとして、紗雪はワンピースの胸元を強く掻き寄せた。心の中に、三辻に頼りたい気持ちが強くある。暴力団関係者で信用してはならない人間だとわかっているのに、最近の彼の穏やかさや刺青について話したときに垣間見《かいまみ》た素の部分、今日相続について説明した際の理路整然とした態度に、どんどん心惹かれている。

もしかしたらそういう三辻のほうが〝本当〟なのではないかという希望が、心に芽生えていた。

（好きになっちゃ駄目。あの人は……ヤクザなんだから）

そう思えば思うほど、麒麟がびっしりと彫られた彼の背中が眼裏によみがえり、たまらなくなる。もし「ヤクザになりたくなかった」というのが三辻の本音だったとしたら、あんなものを身体に彫られたとき一体どんな気持ちだったのだろう。

（三辻くん、高校からすごく勉強を頑張ったって言ってた。「暴力団員にならなくてもこれだけ稼げる、むしろ一般人でいたほうが働きやすいんだっていうのを、形で示さなきゃならなかった」って話していたけど、それが彼の精一杯の抵抗だったのなら……）

息子に刺青を彫ることを強要し、組のために尽くすのを当然と考えている三辻の父は、相当な毒親だ。

そもそもカタギの身でそんな彫り物など必要ないはずなのに、日向野は息子の退路を断つ目的で刺青を入れさせた。そう思うと、紗雪の中で彼に対する怒りがふつふつとこみ上げてくる。

（三辻くんは表の仕事でも充分稼げるんだから、思いきって組との関係を断ち切るわけにはいかないのかな。それができないのは、やっぱり親子というしがらみがあるから……？）

もし三辻の中に現状から抜け出したいという思いがあるなら、彼の力になりたい。

組に関わるのをやめ、二人でどこか遠くに行ってカタギとしてやり直すことができたら――

そんなふうに考え、紗雪はかすかに顔を歪める。

（わたしがこんなことを考えてるのを知ったら、三辻くんはどう思うかな。「勝手に邪推して、俺を憐れむな」って怒る？　それとも同意してくれる……？）

一度想いを自覚してしまうと、三辻への慕わしさで胸がいっぱいになる。

深入りしないほうがいい男だというのはわかっているのに、惹かれるのをやめられない。何とか彼と一緒にいる道を模索し始めている自分に、苦い思いがこみ上げた。

（でも三辻くんに自分の想いを伝える前に、叔母さんと匡平さんの件にけりをつけないと。二人を断罪して、そうしたら――）

そのときは三辻に、今までの感謝と自分の気持ちを伝える。そしてたとえ怒られても、「あなたは組との関係を絶つべきだ」と告げ、彼と一緒にいる未来を模索したい。紗雪はそう心に決めた。

決断するとすっきりして、紗雪は仏壇の前に座る。そしてロウソクに火を点けながら、両親の位牌に向かって呼びかけた。

（お父さんお母さん、わたし、好きな人ができたの。背中に刺青が入ってて少し怖いけど、優しいところもある人だよ。お父さんの死の原因を突き止めるのに協力してくれてるから、どう

か見守っててね）

自分の告白を両親がどう思うかは、わからない。

生きていれば確実に反対するような相手だが、三辻は礼子と匡平を恨みながら鬱々と生きていた紗雪の心に、希望という名の明かりを灯《とも》してくれた。まさか好きになるとは思わなかったが、これもひとつの巡り合わせなのかもしれない。

三本立てられた線香が、少しずつ燃えて灰になっていった。細くたなびく煙を見つめていた紗雪はやがて立ち上がり、着替えて夕食の支度をするべく、洗面所に足を向けた。

＊＊＊

車が走り出してしばらくすると、ポケットの中のスマートフォンが鳴る。ちょうど赤信号で減速して車を一時停止させた三辻は、ハンズフリーで電話に出た。

「三辻だ」

『嵩史さん、今どちらにおられますか』

「富士見台だ。これから新宿の店舗を見てこようと思ってる」

電話をかけてきたのは田名で、新宿で落ち合う約束をして通話を切る。これから向かう先はここ最近頭を悩ませている案件に関係する場所で、自然と表情が険しくなった。

（この二週間で、桑子《くわこ》一家の姐さんのネイルサロンと、神取《かんどり》組の組長が経営する貴金属雑貨販売店、それに小沼《こぬま》会の舎弟頭がやってるカフェの三店舗から連絡がきてる。「店のすぐ傍に、自分のところとそっくりなコンセプトの店舗がオープンして困ってる」って）

彼らの店はいずれも三辻がコンサルティング業務を請け負っているところで、事業計画の段階から細かくアドバイスして開業した人気店ばかりだ。

経営陣にヤクザの名前はなく、親族や信用できる知人に店を任せていて、警察にフロント企業だとばれないようにしている。オープンしてから一年以上が経っており、それぞれ固定客がついて評判は上々だったが、突然店の目と鼻の先にまったく同じコンセプトで新しい店舗がオープンし、客をごっそり奪われている状態だと三辻の元に連絡が入った。

（店舗のコンセプトを模倣されるのは、別に珍しいことじゃない。どこも金儲けのために必死で、大衆受けする業態をパクって他店の客を奪い取りたいと考えてるところばかりなんだから。でも、この短期間で立て続けに三店舗も同じ状況になるのは、何かおかしい）

夕方の幹線道路はひどく混んでいて、三辻が新宿に着いたのは午後五時頃だった。

田名と落ち合い、連れ立って桑子志保《しほ》が経営するサロンに向かう。彼女の店はハンドとフットネイル、睫毛《まつげ》パーマとエクステを同時に施術できるのを売りにしているサロンで、高い技術と高級感のあるロマンチックな内装が人気の店だ。

その二軒隣にオープンしたばかりの店は、施術メニューや店構えがそっくりで、しかも価格は一割ほど安かった。店内は若い女性客で盛況で、桑子の店は明らかに閑古鳥《かんこどり》が鳴いており、三辻は眉をひそめる。

「これは確かに似すぎだな。しかも二軒隣だなんて、客を奪おうとしているのが丸わかりだ」

「事前に姐さんに電話で話を聞いたら、ネイリストたちの何人かが引き抜きにあっていたようです。『ここより高い給料を払うから、うちに来ないか』と」

「登記は調べたか?」

「はい。それぞれ怪しいところはなく、どこかの組の息がかかっているということはないようでした。ただ、本来の経営者の名前を出さないようにしているだけなのかもしれませんが」

それは三辻もよく使うやり方であるため、敵対する組が関わっているという可能性は完全に否定できない。

他の二店舗も見に行ったが、どれもコンセプトを模倣しているのは同じだった。三辻のスマートフォンに電話をかけてきた神取組の組長が、ぼやく口調で言う。

『せっかく店の経営が軌道に乗ってホクホクしていたのに、これだと商売上がったりだ。お前には高いコンサル料を払ってるんだから、何か手立てを考えてもらわないと割りに合わねえぞ』

「はい。もう少し状況を分析したのちに、詳細なレポートを提出いたします」

電話を切った三辻は、小さく息をつく。

これから会社に戻って、それぞれの店舗の経営再建案を考えなくてはならない。安易に価格で勝負しようとすれば店のブランディングに傷がつき、かといって何もしなければ客を奪われるだけのため、慎重にならざるを得ない。

三辻が危惧しているのは、この問題が他の顧客に波及することだった。これまで着実に結果を積み重ね、組関係者からの信頼を勝ち得ていた三辻だが、下手を打てば不興を買う。

(この半月に立て続けにだなんて、何らかの作為を感じる。一体誰が仕掛けてきてるんだ)

自分で車を運転して会社に戻りながら、三辻は紗雪のことを思い出す。

ここ最近は一連の対応で忙しく、彼女と会う時間が持てなかった。十日ぶりに会った紗雪は、以前プレゼントしたブランド物のワンピースを着てくれていて、褒めると恥ずかしそうな表情をし、それを見た三辻の胸が疼いた。

以前なら、忙しくてフラストレーションが溜まったときほど彼女を呼びつけ、手酷《てひど》く抱いたはずだ。元々女性に対しては性的欲求の解消という役割しか求めておらず、そういう扱いをする相手は複数人いた。

(でも……)

今は誰のことも呼ぶ気にはなれないばかりか、紗雪を以前のように扱えなくなっている自分がいて、三辻は複雑な気持ちになる。

何の力もないくせに気が強い部分があり、自分に媚びようとしない彼女に、気まぐれに「つきあおう」と言った。普通の彼氏のように甘やかしたら、いつも生意気な目でこちらを見る紗雪は自分に靡《なび》くのか——そんな好奇心がこみ上げてことさら優しく扱ってみたが、彼女が思いのほか柔らかい雰囲気になって、三辻は新鮮な驚きをおぼえた。

三年前に大きな裏切りに遭い、中学時代とは別人のように鬱屈とした面持ちになってしまった紗雪だが、お嬢さま育ちのために基本的には世間知らずなのだろう。一度騙されているにもかかわらず、たやすくこちらを信じてしまう彼女の愚かさを、三辻は「可愛いな」と思う。

(俺が優しくした分だけ、紗雪のガードが緩んでいくのがわかる。抱き方を変えただけで、あんなに感じやすくなるのか)

最初は好奇心だったはずなのに、紗雪の前で優しい恋人を演じるのは思いのほか楽しい。気がつけば彼女をショッピングに連れていったり、一緒に食事をしたりといった何気ない時間を悪くないと思っていて、そんな自分に三辻は妙な感慨を抱いた。

先ほどもそうだ。せっかく自宅に連れ込んだのに、三辻はただ紗雪を抱きしめるだけに留め、そのまま送っていった。彼女もそんなこちらの態度に戸惑っているのが伝わってきて、思い出した三辻は苦笑いする。

（もしかして俺は、紗雪のことを大切に思ってるのかな。恋人ごっこをしているつもりでまんまと嵌《は》まるなんて、我ながらどうかしてる）

思えば初めて性行為をした小学校六年生の頃から、三辻にはサディスティックな一面があった。

とにかく相手を屈服させたくてたまらず、一方的なやり方でするのが常だったが、女受けのいい顔のせいか寄ってくる異性には事欠かなかった。

ヤクザの息子という生まれのせいか、それとも境遇によって培われたのか、三辻の中には凶暴な獣がいる。他者を力ずくで押さえ込むことに躊躇《ちゅうちょ》しない性格になったのは、父親である日向野が暴力的な部分ばかり見せて育てたためかもしれない。

年齢が上がるにつれて表面上はきれいに取り繕うことができるようになったものの、三辻は本能的な部分が剥《む》き出しになるセックスでは相手をいたぶりたいという衝動を抑えられずにいた。

大抵の女はすぐに音を上げ、数回で会わなくなるが、元より相手に恋愛感情を抱いていない三辻は逃げられてもまったく惜しいとは思わなかった。そんな中、自分に抱かれているときの紗雪の目は、性癖をことさら強く煽った。基本的には従順な女だが、三辻に蹂躙されているときの彼女の眼差しには屈辱と反発心がにじみ、心まで屈していないのがよくわかる。

何の力もない、ただ他人に食い物にされるだけの弱者のはずなのに、どれだけ抱かれても気持ちが折れていないのが不思議だった。

(普通の女は俺に媚びるけど、紗雪は違った。……だからかな、一緒にいてホッとするのは)

自分を好きではない女といて楽しいなど、我ながらおかしなものだ。

最初は三辻の素の顔に怯えていた様子の紗雪だったが、背中の刺青が父親に強要されてのものだと知って「ひどい」と憤ったり、疲れているこちらの髪を遠慮がちに撫でてくるなど、心情に寄り添おうとする姿勢を見せる。

それを目の当たりにするうち、三辻の中にはこれまで感じたことのない気持ちがじわじわとこみ上げていた。

(俺は紗雪を気に入っている。……ずっと手元に置きたいと思うくらいに)

今までつきあった女たちとは違い、紗雪は三辻のスペックに興味がない。

ブランド品や高級レストランでの食事といったリターンを求めず、こちらの容姿にも無頓着で、男としてまるで意識していないように見える。彼女の目的は自分を騙してすべてを奪った叔母と元恋人への復讐で、三辻の持つリサーチ力はそのための有効なツールだ。

先ほど株式や相続に関して説明したとき、紗雪は微笑んでこちらに対する尊敬と感謝の言葉を述べた。その素直さを揶揄《やゆ》する三辻に、彼女は「わたしは三辻くんが調べてくれたことを本当にありがたいと思ったから、そう言っただけ」「ちょろいとか茶化したいなら、勝手にそう思ってればいいでしょ」と答えて、そのときの真っすぐな眼差しを思い出した三辻は、じっと考える。

(たぶん俺は、紗雪に好かれていない。最初にあんなに雑に扱ったし、頼まれていた調べ物だって放置してたんだから。……でも)

何気ない一瞬に紗雪が浮かべた笑顔は、いつもの感情を押し殺した様子とは違って中学時代を彷彿とさせ、可愛らしかった。

今後信頼を積み重ねていけば、彼女は自分に自然な笑顔を見せてくれるようになるだろうか。これまでさんざんひどい抱き方をしておきながらこんなふうに思うのはおかしな話であるものの、今日はわずかな時間でも紗雪と一緒に過ごすことができ、張り詰めていた緊張がふっと緩んだ気がした。

会社に戻った三辻は、三店舗の競合店への対処法を考える。この二週間、三辻は人を使ってライバル店の調査を進めていた。外観《ファザード》や店内の写真、席数や照明、BGM、メニューの詳細、客の訪問時間帯と年齢層、テーブルひとつ当たりの人数や男女比や中心価格と想定客単価を含めた価格帯、店員の接客態度などを分析し、こちらの店舗の弱点や相手の優れている点を炙《あぶ》り出したあと、打開策はあるか、現在顧客に支持されている部分をさらに強化して伸ばすことはできないかを考えていく。

すぐに値下げを敢行して客の流れを引き戻そうとするのは、長い目で見ると悪手だ。コスパの良さを求める顧客が戻ってくることはあっても、店の利益を度外視した価格設定は営業を悪化させる大きな要因となる。

競合店がこちらよりさらに価格を下げるなどの足の引っ張り合いが起こることも考えられ、最終的には共倒れしかねない。さらに安さだけを求める客が増え、客層の悪化にも繋がるため、慎重さが必要になる。

動きがあったのは、その二日後のことだった。会社の自分のデスクで仕事をしていた三辻は、田名からかかってきた電話に出る。

「三辻だ」

『田名です。嵩史さんの指示どおり、次にターゲットになりそうな店舗の周辺を組の下の者に見張らせていましたが、不動産会社の人間と一緒に近隣の空き物件を見に来た男の写真が撮れたようです。パソコンのメールアドレスに画像を送ったので、見ていただけますか』

三辻はマウスを動かし、田名が送ってきたメールをクリックして開く。そして添付された画像を見て、目を瞠りながらつぶやいた。

「……この男が現れたのは、場所的にどこだ」

『品川《しながわ》区五反田《ごたんだ》の、スリランカカレー店の向かいです』

「堂本《どうもと》一家の、橘《たちばな》さんの店だな。次のターゲットはそこってことか」

写真に写っている男は二十代後半で、ダークカラーのストライプのシャツに白いネクタイ、黒のスーツ姿だ。

いかにも女受けのよさそうな甘さのある顔立ち、スタイリッシュに整えられた髪、スラリとした体型は見覚えのあるもので、三辻はパソコンの画面を見ながら目を細める。

(安高凌士──俺の顧客の商売を邪魔しているのは、こいつだったのか)

安高に初めて会ったのは、約半月前だ。六本木のクラブでニアミスした翌日、墨谷会の寄り合いで声をかけられた。

彼は自分で経営するガールズバーに三辻を招き、墨谷会の構成員になりたいこと、そのために副本部長である友次の仮舎弟という形になっていること、シノギの面で教えを請いたいという話をしていたものの、あれからまったく連絡はない。

三辻がコンサルティング料として提示した金額は決して安くはないため、依頼を見送ったというのは充分考えられるが、まさかこんな形で絡んでくるとは思わなかった。

(店をオープンさせるには、内装やスタッフの手配、仕入ルートの確保などで最低でも半年は

かかる。俺に声をかけてきたのは、安高の宣戦布告だったってことか）

ニコニコとして人当たりがよかった安高の顔を、三辻は思い出す。

友次から「組に入りたければ、持参金として二千万円持ってこい」と言われている彼は、金儲けに対してひどく貪欲に見えた。墨谷会の構成員ではないという点では双方とも同じだが、組に関わっている年月は三辻のほうが上であり、一連の行動は嘗められているも同然だ。

三辻はマウスを動かして写真の画像を消し、田名に向かって言った。

「最近の伏龍会が、どんな動きをしているか知りたい。安高の交友関係も含めて調べてもらえるか」

『わかりました』

＊＊＊

夕方になっても強い日差しは一向に衰えず、外はじりじりとした暑さがある。そんな中、ガランとした建物内に男の声が響いた。

「こちらの物件は築三十四年、五反田駅から徒歩五分という好立地です。面積は十八坪と、小規模な飲食店なら充分な大きさですね。座席数は、ざっと計算して三十席程度かと思います」

不動産会社の男性担当者が、愛想よくそう説明する。それを聞いた安高凌士は、戸口から向かいの店を眺めつつ考えた。

（向こうの店舗の広さは、二十坪だと聞いた。こっちは少し狭いけど、まあしょうがないか）

三十代とおぼしき担当者が、ニコニコと問いかけてきた。

「駅のすぐ傍ですから、集客力は抜群だと思いますよ。飲食店をお探しとのことですが、業種はどのようなものをお考えですか？」

「カレーだよ。スリランカカレーの専門店」

するとそれを聞いた彼が、慌てた顔で言う。

「申し訳ありませんが、こちらの物件はそのような匂いが強く出る重飲食には対応しておりません。同じような条件の他の物件をご案内したいと思いますが、いかがでしょうか」

焼き鳥や焼肉、ラーメン、カレーなどの重飲食を開業する場合、普通の店舗とは違って難燃性の壁紙を使用したり、調理の際の煙や臭いが外部に出ないように工夫したり、廃油が排水に流れ込まないためのトラップといった設備が必要だという。

また、重飲食が不可の物件は、建物内部の劣化が進むことや臭いが原因の近隣とのトラブル、火災のリスクや他テナントとのイメージが合わないなど、貸主の意向が大きく影響していることがあるらしい。

それを聞いた安高は、ニッコリ笑って言った。

「ここがいいんだ。他の立地だと、意味がない」

「でも……」

「今ここで判断できないなら、貸主と直接話したほうが早いな。連絡先を教えてくれる？」

「いえ、弊社が仲介しておりますので、貸主さまに直接のご連絡は……」

「いいから教えろって言ってんだよ」

突然変わった口調に、担当者がさあっと青ざめる。

側近の高塚《たかつか》が「オラ、早くしろよ」と巻き舌で凄《すご》み、彼が慌ててスマートフォンを取り出した。それを横目に、安高は道路を挟んで向かい側のカレー店を見つめて微笑む。

（顧客のアフターフォローをどれだけやってるか知らないけど、これだけ派手に動いてればそろそろ気づいてもいい頃だ。三辻は一体いつ、俺に接触してくるかな）

この半月ほど、安高は立て続けに店をオープンさせている。

業種はネイルサロンや貴金属雑貨販売店、カフェで、いずれも三辻嵩史が顧問を務める店舗のすぐ傍だった。急ピッチで準備をして開店にこぎつけたが、価格帯を低めに抑えているおかげで客足は好調だ。

（何しろ成功しているビジネスモデルがあるんだから、俺はそれを模倣《トレース》するだけでいい。ちょ

ろいもんだ）

安高凌士は、野心に満ちた男だった。生まれつき整った顔と女好きな性分を生かしてホストとして名を上げ、いつしかそうした業種のバックにいる暴力団に興味を持った。

どうせなら利用される側ではなく、支配する側になりたい——そんな思いから墨谷会の幹部である友次に近づき、舎弟になるのを申し出たものの、「持参金として二千万持ってこい。話はそれからだ」とにべもなく言われてしまった。

このご時世、二千万円を用意するのは至難の業だ。舎弟を集めて立ち上げた〝伏龍会〟を利用し、あらゆるシノギで金を集めさせているものの、ヤクザのシマを荒らせば面倒になる。

安高自身、自分で落とした女たちを風俗やＡＶ、夜の仕事に就かせ、全員から結構な額を吸い上げているが、自身の生活費とビジネスで出ていく金が多いために一朝一夕には用意できない。

そこで目をつけたのが、三辻嵩史だった。墨谷会を調べているうちに浮上してきた彼は直参の日向野組組長の息子で、経済ヤクザを地でいっており、経営コンサルタントとして錬金術に長《た》けている。

（三辻がそこまで有能な男なら、奴が手掛けた店を全部模倣すれば上手くいくはずだ。生まれながらに墨谷会幹部の息子で、芸能人並みに整った面《ツラ》の持ち主だなんて、恵まれすぎてるんだ

よ）

墨谷会の寄り合いで声をかけて話をしたが、三辻は安高にまったく隙を見せなかった。せめてこちらが用意した女に興味を持てば可愛げがあったのに、淡々としてクールな態度には取りつく島がなく、その整った容姿も相まって安高の癇に障った。

おそらく彼は担当する店のコンセプトを模倣されているのに気づいているはずで、早晩安高が関わっている事実に辿り着くに違いない。だが商売の世界は、弱肉強食だ。しかも自分も三辻も現時点では墨谷会の構成員ではなく、仁義に縛られる立場ではないのを最大限に利用しようと安高は考えていた。

（たとえパクった店でも、流行《はや》らせて約束の二千万円を上納すれば友次も文句はないはずだ。あのおっさんは日向野組にシノギの面で差をつけられているのを快く思っていないから、俺の行動は多少目こぼししてもらえる）

三辻の働きのおかげで日向野組の墨谷会への上納金は群を抜いており、頭ひとつ飛び抜けている状態だという。組織の中にはさまざまな役職があるが、執行部はどんぐりの背比べというのが現状で、そこから突出している日向野が周囲から妬みの目で見られているのは、先日の寄り合いで安高も肌で感じていた。

ヤクザの世界は親分と子分、兄貴と舎弟という疑似血縁制度で成り立っていて、盃を結ぶことで鉄の結束を維持しているというのが建前であるものの、裏では足の引っ張り合いが常なのだと友次が言っていた。誰もが他を出し抜く機会を虎視眈々《こしたんたん》と狙っており、安高は自分が彼に期待されているのをひしひしと感じる。

（副本部長である友次に気に入られるのは、出世する近道だ。俺が三辻より有能であるのを証明できれば、きっと傍近くに取り立ててもらえる）

不動産会社の担当者が高塚に脅され、蒼白な顔で貸主に連絡を取っていた。

スケルトン物件である内部を眺めていた安高のポケットの中で、ふいにスマートフォンが鳴る。ディスプレイを確認すると伏龍会のメンバーからメッセージがきていて、タップして確認した。

メッセージの内容は〝これまで身辺を探らせていた三辻に女がいて、その素性が判明した〟というもので、部下から送られてきた写真を見た安高は目を見開き、ふと微笑んだ。

（……へえ）

そこには想像していたのとはまったく違うタイプの女性が映っていた。

艶のある黒髪を後ろで束ね、シンプルなブラウスと薄手のカーディガン、膝丈のスカートという彼女は、顔立ちこそ整っているがとても地味だ。

隠し撮りの写真は数枚あり、最後の一枚は三辻と一緒に歩いているもので、ブランド物のワンピースとバッグを持った姿は別人のように洗練されている。二人はとてもお似合いに見え、三辻の表情がいつもより柔らかいのが印象的だった。

「――安高さん、この物件の貸主と連絡がつきました。東大井《ひがしおおい》に自宅があるそうです」

ふいに高塚に声をかけられ、我に返った安高はスマートフォンを閉じる。そしてそれをスーツのポケットにしまい、笑って言った。

「わかった。これから行こう」

すると不動産会社の担当者が、動揺した顔で言う。

「あの、どうか手荒なことは……貸主さまは、ご年配の方ですし」

「うるせえ、余計なこと言ってんじゃねえよ。いいからそいつのところに案内しろ」

「ひっ」

高塚に脅された彼がビクッとするのを尻目に、安高は踵を返して歩き出す。

気分がひどく高揚していた。あのすかした三辻の鼻を明かせるのだと思うと、楽しくて仕方ない。このあと自分がどう動くべきか、もっとも効果的な方法は何かを、頭の中で目まぐるしく考える。

外はムッとした熱気が立ち込め、蒸し暑かった。安高は上機嫌で車の後部座席のドアを開け、中に乗り込んだ。

第五章

営業事務の仕事は一般事務に比べて幅広く、見積書、契約書、請求書といった会社間での取引きに必要な書類の作成や、それらを整理して保管するファイリング、取引先の住所や電話番号、担当者名、取引き履歴、契約期間などをまとめる顧客管理、電話やメール対応など多岐に亘る。その他、自社で製造した商品の日ごとの在庫数を記録する在庫管理、顧客の注文に応じて倉庫からの出荷、配送の手配などを請け負う受注管理もこなさなければならず、目が回るほど忙しい。

他の事務員が仕事に手を抜くと、余計にだ。今日も彼女たちはお喋《しゃべ》りに興じて手が動いておらず、昼休みになる寸前に稲木が紗雪に声をかけてくる。

「前村さん、この履歴照会なんだけどー……」

「自分が頼まれた分は、責任を持ってやってください。わたしは忙しいので」

ぴしゃりと言い放った紗雪は、彼女の反論を許さず席を立つ。

以前は黙って仕事を引き受けていたが、最近は安請け合いせずに言い返すようにしていた。それはこの会社にしがみつく理由がなくなったからで、叔母と匡平の件にけりがついたら退職しようと心に決めている。

最初に就職活動をしたときは十社以上に落とされ、そんな中で採用してくれたこの会社を辞める決心をつけられずにいた。だが今の紗雪の中には、ある希望がある。

(わたしは三辻くんに、組との関わりを絶ってほしい。あの人にカタギとしてやっていきたいという気持ちがあるなら、一緒に東京を離れたい)

三辻への気持ちを自覚したのは、三日前の日曜日だ。

あの日、紗雪をランチデートに連れ出した彼は、こちらを抱きしめるだけで何もしなかった。どうやら裏の仕事でトラブルがあったらしく、疲れている様子だったのが印象的で、あれから一度も連絡はない。

もしかすると深刻な事態になっているのではと考え、紗雪は落ち着かない気持ちで日々を過ごしていた。だがこちらから連絡をするのは迷惑かと思い、手をこまねいている。

給湯室に置かれたコーヒーマシンの周囲を拭き、シンクの中を流しているうちに昼休憩のチャイムが鳴った。ロッカールームに弁当を取りに行こうとした紗雪は、戸口で誰かにぶつかりそうになる。

「あ、すみませ……」

顔を上げるとそこにいたのは船見で、思わず言葉をのみ込んだ。目を伏せて通り過ぎようとした瞬間、彼がふいに声をかけてくる。

「さっき事務所でのやり取りを見てたけどさ、あんな言い方はないんじゃないの？　稲木さん、困ってただろ」

事情も知らずに口を出してくることにカチンときた紗雪は、船見を見上げて答えた。

「稲木さんは午前中、ずっと生田さんとお喋りに興じていて、自分が頼まれた仕事に手をつけていませんでした。それをこちらに押しつけられても困るので、はっきりそう言っただけです。なぜさぼっている彼女たちではなく、わたしのほうが責められなければならないんですか？」

普段は言われるがままにサンドバッグになっている紗雪が毅然《きぜん》として言い返すと、彼がわずかにたじろぐ。そしてぎこちなく「そっか」とつぶやき、口元に笑みを浮かべて言う。

「何か前村さん、最近変わったよな。前よりきれいになったっていうか、他の社員たちも噂してる」

「…………」

「今まで冷たくしたこと、反省してるんだ。だから仲直りを兼ねて、二人で飲みに行かないか？　ちゃんと話し合えば、感情的な行き違いの誤解も解けると思うんだ」

これまでのパワハラを〝感情的な行き違い〟と表現し、まるでこちらにも非があるような言い方をする船見に、紗雪は苛立ちをおぼえる。

彼は交際を断られたことへの腹いせに言葉の暴力を続けた挙げ句、「たとえ会社や上司に訴えても、普段陰気な前村さんの言うことは誰も信じない」と牽制《けんせい》してきた。そんな人間には不快感しかなく、紗雪は淡々とした口調で告げる。

「申し訳ありませんが、船見さんと二人で飲みに行く気は欠片もありません。わたしたちの間にあるのは〝感情的な行き違い〟ではなく、あなたの一方的な暴言と威圧的な態度だけだったはずです。どんな心境の変化があったか知りませんけど、自分に都合のいい言い方をしないでください」

「…………」

「失礼します」

船見の脇をすり抜けた紗雪は、給湯室を出て廊下を歩き出す。

怒りがふつふつと湧いて、仕方がなかった。彼はさんざんこちらに嫌がらせをしておきながら、優しい言葉をかければコロッと自分に靡くと考えている。その傲慢さ、あまりに人格を無視した行動にやりきれなさがこみ上げ、紗雪はかすかに顔を歪めた。

（ああいう人にばかり目をつけられるわたしって、一体何なんだろ。三辻くんは「紗雪には人

を寄せつけない雰囲気があって、それがきっと相手の癇に障るんだ」って言ってたけど）

昼休みが終わって午後の仕事が始まると、離れたところから船見がこちらを見つめているのを感じたが、紗雪はそれをきれいに無視した。

稲木と生田も仕事を押しつけづらくなったらしく、自分でパソコンに向かっていて、今日は残業をせずに退勤する。会社の外に出た紗雪は、相変わらず三辻から連絡がきていないことに気落ちしつつ考えた。

（せっかく早く帰れるんだから、池袋駅に行って服でも見ようかな。うん、そうしよう）

普段は節約生活をしているが、バーゲン時期の今なら安い服を少しくらい買っても罰は当たらないはずだ。

そう考えた紗雪は江古田駅から三駅で下車し、池袋駅に降り立つ。帰宅ラッシュで混み合う駅の中、人波に押し流されるように百貨店に向かって歩き始めると、前から来た人にぶつかりそうになった。

それを躱《かわ》した瞬間、ふいに「……紗雪ちゃん？」という声が聞こえる。驚いて顔を上げた紗雪は、そこに思いがけない人物を見つけ、息をのんだ。

（えっ……？）

少し色の淡い柔らかそうな髪のその男性は、優しげな雰囲気の持ち主だった。

端整な容貌は三年前と変わらず、白いカットソーの上にネイビーのシャツを羽織った爽やかな服装が、細身の体型によく似合っている。紗雪は呆然としてつぶやいた。

「匡平さん……どうして」

彼――成塚匡平も、こちらを見て驚いた顔をしていた。

まさかここで彼に再会するとは思わず、紗雪はひどく動揺する。匡平を探し出し、叔母と結託して自分を陥れたことを糾弾したいと考えていたが、こんなに突然ではまったく心構えができていない。

咄嗟に顔を背け、紗雪は人混みに紛れてその場から立ち去ろうとした。しかし次の瞬間、彼が「待って」と言って手首をつかんでくる。ドキリとして足を止める紗雪に、匡平が必死な表情で言った。

「もし時間があるなら、少し話せないかな。……三年前のことを含めて」

彼が真剣な表情でそんなふうに申し出てきて、紗雪は返す言葉に詰まる。

(どうしよう、何て答えるべき？　まさかこんなところで匡平さんと会うなんて思わなかったから、全然心の準備ができてない)

だが匡平について調査を依頼したという三辻は、「名前で調べても引っかからず、礼子と会っている形跡もないため、顔も素性も現段階ではまったくわからない」と言っていた。ならばこうして偶然でも匡平に再会できたのは、万にひとつの僥倖《ぎょうこう》ではないだろうか。

迷ったのは、一瞬だった。紗雪は意を決し、彼を見上げて頷いた。

「わかった。──わたしもあなたに聞きたいことがあるから、場所を移して話しましょう」


匡平と連れ立ってカフェの多い東口に移動した紗雪は、その中の一軒の店に入る。

そしてテーブル席で向かい合って座り、スタッフにドリンクを注文した。すると開口一番、彼が深く頭を下げて言う。

「──ごめん。君にずっと、謝らなきゃいけないと思ってた。でも自分の罪に向かい合うのが怖くて、勝手に過去の出来事にして今までのうのうと生きていたんだ。許してほしい」

隣のテーブルの客が、興味深そうな目でこちらをチラチラと見ている。紗雪は慌てて言った。

「やめて。周りに変な目で見られるから」

「でも」

「とにかく顔を上げて。そうじゃないと、話ができないでしょ」

匡平が躊躇いがちに、伏せていた頭を上げる。

さらりとした髪が掛かるその顔立ちは悔しいが本当に整っていて、三辻とはまったく違うタイプのイケメンだった。かつてはこの文学青年のように穏やかな雰囲気が好きで、初めての恋人である彼を紗雪は心から信頼していた。だが手酷く裏切られ、その行動をきっかけにすべてを失って、今に至る。

深呼吸した紗雪は、頭の中で要点を整理しながら問いかけた。

「そんなふうに頭を下げるのなら、あなたにはわたしを裏切ったという自覚があったということで間違いない？」

「……うん」

「だったら三年前の出来事を、あなたの口から説明して。わたしの叔母との繋がりも含めて」

すると匡平が、複雑な表情で押し黙る。紗雪がじっと見つめ続けると、やがて観念したように口を開いた。

「三年前……僕はある事情で金に困っていて、劇団員をしながらアルバイトを掛け持ちしていた。そんなとき、西荻窪《にしおぎくぼ》の小劇場での公演が終わったあと、楽屋を出たところで礼子さんに声をかけられたんだ。彼女は僕に、『割のいいアルバイトをしないか』って持ちかけてきた」

ブランド物のスーツを着こなす礼子は颯爽としていて、「話を聞いてくれるだけで一万円あげる」と言い、匡平はそれを受けたという。

そしてカフェで話をしたが、その内容は思いもよらないものだったのだと彼は語った。

「『私の姪《めい》の紗雪を篭絡し、彼女の屋敷に入り込んで実印を確保してほしい』っていうのが、彼女の依頼だった。僕が役者であること、それに見た目や雰囲気から紗雪ちゃんの警戒心を解くのに打ってつけだって。それから僕は、〝証券会社に勤める会社員〟という設定で君に近づき、まんまと恋人になった」

だが当時は紗雪の父親である康孝は生きており、屋敷に入り込んで実印を確保するのは至難の業に思えた。しかしつきあい始めて一ヵ月余りが経った頃、事態が大きく動いたのだという。

「紗雪ちゃんの父親が突然事故死して、君は激しくショックを受けていた。僕はそれを慰める名目で前村家の屋敷に入り込み、実印を確保できた」

礼子からは「家庭裁判所から重要な書類が家に届くから、紗雪の代わりに受け取ってほしい」と頼まれ、そのとおりにしたという。

父からの相続に関する書類を一度も目にしなかった紗雪は、礼子が裏で暗躍していることにまったく気づかなかった。かくして匡平は紗雪の恋人としての役目を終え、何も言わずに屋敷から姿を消した。それを聞いた紗雪は、膝の上の拳をぐっと握りしめて彼に問いかけた。

「あなたが叔母の命令で、身元を偽ってわたしに近づいた経緯はわかった。でもうちの父が事故死したことで自然と屋敷に入り込む口実ができて、叔母の言うとおりに実印を探し出す機会が巡ってきたとき、何かおかしいとは思わなかった？　彼女はまるで、わたしの父が亡くなるのを知っていたみたいでしょ」

「……それは……」

匡平は青ざめた顔で言いよどみ、歯切れの悪い口調で小さく答えた。

「それは確かに……おかしいと思った。紗雪ちゃんの父親が亡くなったと聞いたとき、礼子さんがその死に関与したんじゃないかと直感的に考えたし、たぶんそれは間違いじゃないとも感じたんだ。そうでなければ、僕が事前に君に近づく意味はないから」

彼は「でも」と言い、縋《すが》るような瞳で紗雪を見た。

「自分が人の死の片棒を担いでしまったのだと思うと怖くて、君に本当のことを言えなかった。僕は彼女から二百万円の報酬の他、無事に依頼を完遂した謝礼として三十万円もらっていたから、なおさら口にできなかった」

たった二三十万円という報酬で匡平が礼子に協力したのだとわかり、紗雪はショックを受ける。

おそらく礼子は紗雪に相続放棄させる目途が立たなければ、父の殺害を実行に移さなかったに違いない。つまり父の死は、目の前に座る匡平が彼女の計画に多大に貢献したことによって引き起こされた悲劇であり、かあっと頭に血が上った紗雪は咄嗟に自分の目の前に置かれたアイスティーの中身を彼の顔にぶちまける。

そして周囲の客がざわつく中、震える声で告げた。

「そんな端金《はしたがね》で……あなたはわたしの父の死に加担したの？　わたしの心を弄んで、まんまと懐深くまで入り込んで、予定どおりの結果を得られて満足？　ふざけないで！」

アイスティーを顔に掛けられた匡平が、ポタポタと落ちる雫《しずく》を拭わないまま悄然《しょうぜん》とうつむく。

そして紗雪に向かって深々と頭を下げ、謝罪した。

「紗雪ちゃんが怒るのは、当然だ。僕はわずかな金に目が眩《くら》んで、人として踏み越えてはならないラインを超えてしまった。本当に申し訳ありませんでした」

彼の声音には深い悔恨がにじんでおり、それを見つめる紗雪の目から涙が零れ落ちる。

礼子の野望のため、そして金に目が眩んだ匡平のために父が命を落としたのだと思うと、ひどくやりきれない気持ちになった。本当はこの場で彼を罵倒し、滅茶苦茶に殴打したい思いでいっぱいだ。だがここは公の場で、暴れれば店に迷惑がかかり、荒れ狂う心を理性で必死に抑える。

何度か深呼吸をした紗雪は、抑えた声で問いかけた。

「一ヵ月余り前、わたしは新宿であなたと礼子叔母さんが一緒にいるのを見かけたの。あれから三年が経つのに二人が一緒に行動してるのに驚いたし、何よりあなたたちがグルだったことを確信して、許せなくなった。匡平さんはさっき『君にずっと謝らなきゃいけないと思ってた』

『自分の罪に向かい合うのが怖くて、勝手に過去の出来事にして今までのうのうと生きていた』って言ってたけど、それだと礼子叔母さんの傍から離れずにいることと矛盾するよね。普通は深く後悔していたら、その元凶から離れようとするものじゃない？」

「…………」

「いまだにあの人と一緒にいるってことは、何か得することがあるからでしょう。彼女一人を悪者にするのは卑怯だし、都合がよすぎるよ」

発言の矛盾を指摘すると匡平がゆっくり顔を上げ、こちらを見つめてつぶやく。

「僕とあの人が一緒にいるのを見た？　……そうか」

彼が自嘲する口調で視線をさまよわせ、言葉を続ける。

「紗雪ちゃんの、言うとおりだ。僕は自己保身のため、聞こえのいい言葉で事実を歪曲して伝えようとしてしまった。許してほしい」

「…………」

「実は三年前に金が必要だったのは、母が病気になったからなんだ。僕の両親は長く定食屋を営んでいたんだけど、収入に波があったからか国保もろくに払ってなくてね。父が心臓発作で倒れて亡くなったあと、母も癌《がん》を患って入退院を繰り返すようになって、その費用を工面するのが大変だったんだ。恥ずかしい話、僕はあれから今に至るまで、礼子さんの愛人をしてる」

「あ、愛人？」

あまりに予想外のことを言われ、紗雪は唖然として匡平を見つめる。彼が頷いて言った。

「三年前の出来事のあと、礼子さんが僕に『あんたは私の計画の重要な役割を果したんだから、もう同じ穴の貉《むじな》よ』『これからも母親の治療費を稼ぐつもりなら、いっそ私の愛人になりなさい』って言ってきて、断る余地がなかったんだ。君に軽蔑されて当然だという自覚がある」

匡平が一旦言葉を切り、「でも」と真剣な目でこちらを見る。

「彼女の愛人をしているのは成り行き上で、本音を言えば今すぐやめたい。札束で顔を引っ叩くような感性の持ち主である君の叔母には心底辟易《へきえき》していて、愛情なんて欠片もないんだ」

「そんなの……あなたが自分の意思でしていることでしょ？　愛人をやめたいなら叔母の前からいなくなればよかったのに、それもせずに何を言ってるの」

彼と話しているうち、紗雪の中には苛立ちが募る。

三年前も今も、匡平は自分の意思で礼子の傍にいるにもかかわらず、なぜか被害者面をしている。金銭という対価をもらっているのなら二人はギブアンドテイクの関係だ。それなのに「本当は礼子のことが好きではない」「自分の本意ではなかった」と言い訳をするのが見苦しく、紗雪は不快感を押し殺す。

（この人との会話を、録音すればよかった。そうしたらお父さんの死に礼子叔母さんが関わっ

ているという疑惑が濃厚になって、警察に持ち込めたかもしれないのに）

匡平を説得して、これから警察に連れていくべきだろうか。しかし彼にこの場から逃げられてしまっては、元も子もない。どうするべきか目まぐるしく考えていると、匡平が思い詰めた顔で言う。

「三年前に君を騙した僕は、断罪されてしかるべきだ。ずっと後悔していたというのは、決して嘘じゃない」

「…………」

「だから償いとして、礼子さんが前村家具を不正な手段で手に入れたという証拠を君に渡したいと思うんだけど、どうだろう」

あまりに思いがけないことを言われ、驚いた紗雪は「えっ」とつぶやいて目の前の彼を見つめる。匡平が言葉を続けた。

「実は僕は自らを守るための保険として、彼女との会話の音声データを貸金庫で保管してるんだ。礼子さんが人を使って紗雪ちゃんの父親の死を画策したという話や、前村家具を手に入れるのが念願だったことなどが、肉声で語られている」

「……っ」

「それに加えて、礼子さんが会社の金を私的流用しているのがわかる関係書類を、彼女の手元から持ち出せるかもしれない。つまりそれらを手に入れれば紗雪ちゃんは礼子さんの不正を暴くことができ、彼女に奪われた会社や財産を取り返せるかもしれないってことだ」

紗雪の心臓が、ドクドクと音を立てる。

確かに彼の言うとおり、音声データと関係書類が手に入れば、自分は礼子を追い詰めることができるだろう。父の死がただの交通事故ではなく、彼女の殺意によって引き起こされたものだと立証でき、奪われた遺産をすべて取り返すことができるに違いない。

(どうしよう……この人を信じていいの？　過去にわたしを騙して、さっきも自分に都合のいい話をしていた人なのに)

情報量が多すぎて、冷静な判断ができない。するとそんな気持ちを察したのか、匡平が真摯な口調で言った。

「急にこんなふうに言われて、僕を信じられない気持ちはよくわかる。でも紗雪ちゃんに償いたいのは本当で、僕にできる精一杯が礼子さんの不正に関するデータを引き渡すことなんだ。もし君が受け取ってくれるつもりがあるなら、日を改めて会わないか？」

紗雪がしばらく考えたあとに頷くと、彼がホッとした様子でスマートフォンを取り出す。

そしてトークアプリのＩＤ、電話番号を交換した。紗雪は財布から出した千円札をテーブルに置くと、頑なな表情で告げる。

「あなたに飲み物を掛けたことについては、謝らない。本当は殴ってやりたいくらいなのを、必死にこらえた結果だから」

「わかってる。僕の自業自得だし、紗雪ちゃんが怒るのは当然だよ」

「今後のことだけど、具体的に会う日を決めるのは、今の段階では……。いきなりの話で、混乱してるし」

それを聞いた匡平が、頷いて答える。

「わかった。僕も今手元にデータがあるわけじゃないし、準備ができ次第メッセージを送るよ。でもひとつだけお願いがあるんだけど、この件に関しては他の誰にも話さないでくれないかな」

「えっ？」

「礼子さんの手元から関係書類を持ち出すのは、僕にとってかなりリスキーだ。彼女はあちこちに情報網を持っていて、万が一どこからか君が『父親は前村礼子に殺された』『その証拠を手に入れる手筈《てはず》になっている』と話しているのが耳に入ったら、きっと証拠隠滅を図る。そうなると、僕も身動きが取れなくなるから」

そういうものだろうか。

だが匡平の言うとおり、礼子はわざわざ人を雇って自身の兄を殺害したり、匡平というハニートラップを仕掛けて紗雪を陥れた張本人だ。こちらが追い詰めようとしている動きを察知すれば何をするかわからず、紗雪は頷いて答えた。

「わかった、他言はしない。——じゃあ」


匡平と別れて自宅に戻ってから、そしてその翌日も、紗雪は自分がどうするべきか考え続けた。

彼に再会したのは青天の霹靂《へきれき》で、聞かされた内容にひどく混乱している。

(まさか礼子叔母さんが、匡平さんを愛人にしてるだなんて思わなかった。あの二人は、親子ほども歳が離れてるはずなのに)

何よりショックだったのは、父の事故死が故意に引き起こされたという事実だ。

やはり父は礼子によって殺害されており、会社の乗っ取りと紗雪が相続放棄させられたことは計画的なものだった。そう思うと言葉にできないほどの怒りがこみ上げ、会社の自分のデスクでパソコンに向かいながら、紗雪は唇を引き結ぶ。

だが匡平の「償いとして、礼子さんが前村家具を不正な手段で手に入れたという証拠を君に渡したい」という申し出には、心が揺れた。彼を許したつもりは毛頭なく、その優柔不断さ、優しげな容姿に反した卑怯さに強い苛立ちがこみ上げるものの、礼子の企みを裏付ける音声データと関係書類を渡してくれるというのは悪い条件ではない。

そんなふうに考えつつも、紗雪の理性がブレーキをかけていた。

（ううん、すぐに信用するのは駄目。匡平さんはわたしを騙すために偶然を装って近づき、まんまと恋人になって、お父さんが亡くなったときもいかにも心配そうに寄り添っていた人なんだから。自分の行動に良心の呵責《かしゃく》を抱いていた人が、あんなふうに自然に振る舞える？　普通はもっと動揺して、その時点で礼子叔母さんの計画をわたしに話してくれるんじゃないの……？）

それに匡平は紗雪が父の死が他殺だと気づいていたのではないかと問いかけたとき、最初は曖昧に言葉を濁していた。それなのにあとになって急に「証拠の音声データがある」と申し出てきたのは、おかしな話だ。

つまり彼の反省は見せかけで、何か裏があるのかもしれない。匡平の話を聞いたとき、紗雪が真っ先に考えたのは、三辻に相談することだった。頭のいい彼ならば、きっと匡平の申し出を受けるべきかどうかを適切にアドバイスしてくれるだろう。

しかしそこで、「この件に関しては、他の誰にも話さないでほしい」という匡平の言葉がネックになる。もし三辻がこちらに協力してくれようとした場合、その動きが礼子に察知されたらどうなるのか。

彼女を追い詰めるための証拠は処分されてしまい、犯罪行為は結局明るみに出ず、匡平と接触することも不可能になるかもしれない。

（この機会を逃したら、お父さんの死の真相を解明することはできなくなる。だったら――）

この件に関しては三辻に何も言わず、無事に証拠の引き渡しを終えてから話をするべきではないか。そして内容を精査し、礼子の罪を明らかにする――それが一番スムーズな方法に思えた。

匡平とは昨日連絡先を交換したものの、一日経った今も連絡はまだない。いかに礼子の愛人とはいえ、彼女が保管している関係書類を持ち出すにはおそらく機会を窺わなければならず、もしかすると数日時間がかかるのかもしれなかった。

思いがけない再会をきっかけに一気に事が進展しそうな予感に、紗雪は緊張をおぼえる。三辻は「相続人の知らないあいだに手続きされた相続放棄は、たとえ家裁で受理されていたとしても無効になる」「申し立ての期限は十年で、紗雪が礼子から遺産を取り戻せる可能性は充分ある」と語っていたが、紗雪にとって金は二の次だ。

とにかく父の死が礼子によって画策されたものだと、証明したい。三年前は警察に訴えても「加害者に不審な点は何もない」と言われてしまったが、動かぬ証拠があれば彼らもこちらを無視できず、礼子の逮捕に繋がるだろう。

（もう少しだよ、お父さん。お父さんの無念は、わたしが必ず果たすから）

その日、午後五時半に退勤した紗雪は、三十分ほどかけて帰宅した。

最寄りのスーパーで買い物をし、徒歩十分ほどの距離を歩きながら、ふと「そういえば、このあいだ後をつけられたのは一体何だったのだろう」と考える。あれから何となく視線を感じるような気がして用心していたが、いつの間にかそんな気配はなくなっていた。今思えば過剰反応だったと言えなくもなく、西日が差す道を歩きながら苦笑する。

（少しずつ、いろんなことがいい方向に向かっていけばいいな。わたしの問題も、三辻くんのことも）

そのときバッグの中でスマートフォンの着信音がし、紗雪は取り出して確認する。

すると三辻からメッセージがきていて、たった今彼のことを考えていただけにドキリとした。内容は「今どこにいる？」というもので、「会社が終わって、今アパートに着くところ」と返す。

すると玄関の鍵を開けて中に入ったところで、電話が鳴った。買い物袋をキッチンに置いた紗雪は、慌てて電話に出る。

「はい」

『紗雪？』

二日ぶりに聞く低い声は蠱惑的で、紗雪の心臓の鼓動がわずかに速まる。彼が言葉を続けた。

『もう自宅に着いたのか。今日は早いね』

「残業せずに終わったから。三辻くんは？」

『今、会社を出たところ。これから迎えに行くから、食事でもどう？』

それを聞いた紗雪は、目の前に置いた買い物袋に視線を向ける。

早く帰れた今日はいくつか作り置きをするつもりで、食材を買ってきてしまった。そこでふと思いつき、三辻に提案する。

「あの、よかったらうちに来ない？」

『紗雪の家？』

「うん。わたしが何か作るから」

言ってから、紗雪は頭の片隅で「急にこんなことを言われても、三辻は迷惑かもしれない」と考える。今まで彼に連れていってもらった店は、高級店ばかりだった。どの店も素晴らしい味で、普段からああいったものを食べ慣れている三辻には、自分の手料理は口に合わないかもしれない。

そう思い、撤回するべく「あの」と口を開きかけたものの、電話の向こうで彼が言う。

『いいの？』

「う、うん。三辻くんさえよければ」

『じゃあ、アパートの近くに車を停めていく。紗雪の家は何号室だっけ』

三辻に「一〇三」と答えて通話を切った紗雪は、慌てて周囲を見回す。

部屋の中は一応片づいているものの、人が来るとなればこの暑さは酷だ。そう思い、エアコンのスイッチを入れて室内を冷やしつつ、物干しに掛けられた洗濯物を急いで畳んでしまった。そして先ほど買ってきた食材を出しながら考える。

(三辻くんの会社からここまでは、車で三十分くらいだよね。前に作って冷凍したハンバーグがあるから、それをメインにしよう)

米を研いで炊飯器のスイッチを入れたあと、冷蔵庫の残り野菜を刻んでコンソメで煮る。特売品だったミニトマトは半分に切り、すり胡麻と酢、砂糖、醤油などを混ぜ合わせ、胡麻酢和えにして冷蔵庫に入れておいた。冷凍庫から取り出したハンバーグは解凍し、フライパンで焼きつけたあとケチャップと中濃ソース、コンソメと砂糖などを混ぜたもので煮込む。

せっせと料理しているうち、インターフォンが鳴った。

「……いらっしゃい」

「お邪魔します」

二日ぶりに会う三辻は相変わらず端正な姿で、いかにも仕事ができる若社長といった雰囲気を醸し出している。

紗雪がこのアパートに誰かを招き入れるのは、これが初めてだ。少し緊張しながら「どうぞ」と言って中に促すと、靴を脱いで上がった彼は居間に足を踏み入れるなり開口一番言った。

「狭いな」

「そ、そうだよね。居間は五畳しかなくて、あとは二畳のキッチンと三畳のロフトなんだけど、独り暮らしにはこれで充分なの。やっぱり実家から持ち込んだ仏壇が大きすぎるのかも」

「仏壇……」

三辻が部屋の隅に置かれた大きな仏壇に視線を向け、紗雪に問いかけてくる。

「線香、あげていい？」

「あ、うん」

座布団の上に座った彼がロウソクに火を点け、線香を手に取る。その様子を、紗雪は意外な気持ちで見つめていた。

（三辻くんが仏壇に気を使ってくれるなんて、何だか意外。……そういうの、全然気にしない人だと思ってたのに）

三辻にソファを勧め、紗雪は料理の盛りつけをする。

やがてテーブルに出したのは、ハンバーグがメインのワンプレートだった。煮込みハンバーグとグリーンサラダ、小鉢に入れたミニトマトの胡麻酢和えと人参のたらこ炒めをご飯と一緒に盛り合わせ、野菜たっぷりのミネストローネを添える。するとそれを見た三辻が、目を瞠って言った。

「すごいね、ご馳走だ」

彼が「いただきます」と言って箸をつけ、ハンバーグを頬張って眉を上げる。

「ん、美味《うま》い」

「ハンバーグは前に作って冷凍してあったもので、人参のたらこ炒めは千切りスライサーでカットしたものをパスタソースで炒めただけだから、全然手抜きなの。ミネストローネも残り野菜で作ったものだし」

三年前まで家事をしたことがなかった紗雪は、独り暮らしを始めた当初はまったく料理ができなかった。

必要に迫られて自炊するようになり、無知ゆえの失敗を重ねて三年が経って、今は何とか人並みに作れるようになっている。そう説明すると、三辻が微笑んで言う。

「全然手抜きなんかじゃないし、彩りも栄養バランスもよくてすごいと思う。お嬢さま育ちからいきなり世間に放り出されて、一人で生きるのは大変だっただろうに、ちゃんと家事ができるようになってるんだから紗雪は立派だよ」

まさかそんなふうに褒めてもらえるとは思わず、紗雪はふいに泣きそうになる。

わずか百万円だけを渡されて屋敷を追い出されたあと、就職活動が難航したときは不安でいっぱいだった。先の展望などまるで見えず、手持ちの金が尽きたら野垂れ死ぬかもしれないという切羽詰まった状況の中、何とか今の職場に採用してもらえたときは心からホッとした。

とはいえ給与は決して高くはなく、爪に火を灯すように節約生活をする自分は、社会の底辺の存在だと思っていた。

（でも……）

三辻に「立派だ」と言ってもらえると三年間の苦労が報われる気がして、心がじんと震える。

彼は旺盛な食欲を見せてくれ、紗雪も面映ゆさを噛みしめつつ自分の箸を取った。やがて食事が終わると三辻が片づけを手伝ってくれようとしたが、慌てて固辞する。

「大丈夫。三辻くんはお客さんなんだから、座ってて」

「でも」

「キッチン、すごく狭いから、一人のほうがやりやすいの」

本当は使用済みのフライパンや調理器具が山積みになっていて、それを見られたくなくて必死に断ると、彼が「じゃあ」と言う。

「片づけが終わるまで、ちょっと寝ていいかな」

「えっ？」

「ここのところ忙しくて、寝不足なんだ。十分で起きるから」

紗雪が驚きながら「うん」と頷くと、三辻がソファにゴロリと横になる。

そしてあっという間に寝息を立て始め、あまりの速さに唖然とした。彼が自分の前でこれほど無防備な姿を晒《さら》すとは思わず、思わずまじまじと寝顔を見つめてしまう。

(きれいな顔。三辻くん、肌もきれいだし意外に睫毛が長いんだ)

寝不足だと言っていたが、それは先日言っていた裏の仕事でのトラブルのことだろうか。四日前に会ったときの三辻はひどく疲れている様子で、今もその件が解決していないのなら心配だ。

紗雪はそっと彼の傍を離れ、なるべく物音を立てないようにしながら台所を片づける。食器や調理器具を洗い、排水溝やシンクの掃除を終えると十五分ほどが経過していたが、三辻が起きる気配はない。

すぐに起こすべきかわからずに戸惑ったが、穏やかな寝息を立てる彼の眠りを妨げるのが忍びなく、紗雪は「あと五分経っても起きなかったら、声をかけよう」と結論づけた。

(起きたらコーヒーを淹れようかな。ここから運転して帰るんだから、頭がすっきりしたほうがいいよね)

三辻が眠るソファを背もたれに、床に座り込む。

テレビを点け、音量を落として番組表を見ていたところ、ふいにスマートフォンの着信音が短く鳴った。手に取って確認するとメッセージが届いていて、送信者は〝成塚匡平〟となっている。

（匡平さん……）

心臓がドクリと音を立て、紗雪はトークアプリのアイコンをタップして開いた。するとディスプレイに、彼からのメッセージが表示される。

「昨日紗雪ちゃんに説明した音声データと証拠書類、用意できました」「もしよかったら、これから渋谷《しぶや》のバーで会えませんか」と書かれていて、紗雪の心臓の鼓動が高まる。

（どうしよう、これから？　今は三辻くんがいるし、日を改めたほうがいいかも）

だがこの機会を逃せば、匡平の気が変わって接触するのが難しくなるかもしれない。

再び着信音が鳴り、渋谷のバーの名前と住所が表示されて、「日付が変わるくらいまでここにいる」と書かれていた。紗雪が返信しようと指を近づけた瞬間、突然うしろからガッと手をつかまれる。三辻がこちらの耳元で言った。

「――おい、一体どういうことだ」

「……っ」

「成塚匡平と、連絡を取り合っていたのか？　いつの間に再会したんだよ」

彼の声は低く、口調もいつもとは違っていて、紗雪の心臓がドクドクと鳴る。

いつの間にか目を覚ましていた三辻は、ソファに半身を起こす形でこちらのスマートフォンのディスプレイを注視していた。彼を取り巻く空気は怖いほど張り詰めていて、紗雪は顔色を失くしつつ口を開く。

「あの……昨日、仕事帰りに池袋を歩いていたら、偶然彼とぶつかって。『話がしたい』って言われたから、手近なカフェに入ったの」

「……………」

「それで三年前のことを、謝罪された。当時の匡平さんは会社員じゃなく劇団員で、わたしにハニートラップを仕掛けるために礼子叔母さんが雇った役者だったんだって」

——紗雪は説明した。

金に困っていた匡平が、二百万円という報酬に目が眩み、紗雪に近づいたこと。やがて父が事故死して相続問題が持ち上がったとき、家庭裁判所から送られてきた書類と紗雪の実印を盗み出して礼子に渡したこと。そして首尾よく依頼を達成し、姿を消したこと——。

「でもそのとき犯罪の片棒を担いだことで、叔母さんに脅されたそうなの。今は彼女の愛人をしてて、過去の自分の行動をすごく後悔してるって言ってた」

それを聞いた三辻が眉を寄せ、短くつぶやく。

「……で？」

「実は匡平さんは、礼子叔母さんが人を使ってわたしの父の死を画策したということや、会社を手に入れるために裏で動いていたことなどが語られた音声データを、自分の保身のために貸金庫で保管してるそうなの。それに加えて、彼女が会社の金を私的流用しているのがわかる関係書類を持ち出せるかもしれなくて、それらをわたしに渡すことで償いにしたいって持ちかけられた」

ソファに身体を起こした彼が、厳しい表情で問いかけてくる。

「何でそれを、俺にすぐ言わなかった？　俺が成塚匡平について調べてるって、紗雪は知ってただろ」

「それは……あの、匡平さんに口止めをされたから。『礼子さんはあちこちに情報網を持っていて、万が一君が嗅ぎ回っていることが耳に入ったら証拠隠滅を図る』『そうなると僕も身動きが取れなくなるから、この件に関しては他の誰にも話さないでほしい』って」

すると彼が深くため息をつき、吐き捨てる口調で言う。

「俺に隠れてコソコソ何してるのかと思ったら、よりによって自分を陥れた男と連絡を取り合ってるとはな。そうやって考えなしに人を信用した結果、過去に身ぐるみ剝がされて何もかも失ってるのに、何でひとつも学習してないんだよ」

「…………」

「一度裏切った奴は、何度だって同じことをする。音声データや関係書類を引き渡すっていうのは、おそらく紗雪を引っかけるためのトラップだ。そもそも成塚には、そんなことをするメリットがないだろ。下手したら自分の身も危うくなるんだから」

心底馬鹿にした口調で言われ、それを聞いた紗雪はカッとして言い返す。

「メリットとか、そういうんじゃないでしょ？　匡平さんは三年前にわたしの父の死に間接的に加担したのを後悔していて、『償いたい』って言ってるんだよ。確かに彼の言葉は言い訳ばかりで、まるで自分が被害者みたいに都合よく話す部分には違和感をおぼえた。でも表情は真剣だったし、自分の不利になるようなことも正直に話してくれて――」

「ほら、結局そうやってすぐ信じてる。だから馬鹿だっていうんだよ」

紗雪の中に、怒りがふつふつとこみ上げる。

匡平からもたらされた情報は、父の死の原因が事故ではないと実証するための大きな足掛かりだ。初めこそ怪しんだものの、考えれば考えるほど紗雪にとって有益な情報で、実際に引き渡してもらえれば事態は大きく進展するに違いない。

紗雪はぐっと拳を握りしめ、押し殺した声で言った。

「三辻くんは匡平さんについて調べてるって言ってたけど、実際はほとんど進展してないよね。名前で調べても引っかからないし、礼子叔母さんと会っている形跡もない。だから顔も素性も、現段階ではまったくわからないって」

「……ああ」

「だったらわたしが匡平さんに偶然再会して話を聞けたのって、すごいことじゃない？　彼と会ったのを黙っていたのは確かに申し訳なかったけど、たまたま巡ってきたチャンスを利用しようとして、一体何が悪いの」

その瞬間、三辻を取り巻く空気が明らかに変わる。

酷薄な目で見つめられた紗雪の心臓が、嫌なふうに跳ねた。今まで彼にこんな眼差しを向けられたことはなく、胃がぎゅっと縮こまる。ドクドクと脈打つ自分の心臓の音ばかりを意識し、動くことができなかった。

しばらく無言だった彼がやがて深く息をつき、前髪を搔き上げながら心底うんざりした口調で言う。

「あー、くっそダルい。俺に媚びない紗雪が好きだったけど、今回のは駄目だ。指摘されても納得しないなんて、今まで甘やかしすぎたツケなのかな」

ぼやくような口調でつぶやいた彼が顔を上げ、普段の〝品のいい若社長〟ではない素の表情を見た紗雪は、ドキリとする。

その瞳には裏社会特有の澱《よど》みに似た色があり、自分の言い方が三辻を怒らせてしまったのを悟った。

「あ……っ」

ふいに大きな手で後頭部をつかんで引き寄せられ、紗雪は息をのむ。吐息が触れるほど間近で視線を合わせた三辻が、どこか冷たいものを感じる微笑みを浮かべて言った。

「——だったら少し、わからせてやらないとな」


「……っ、三辻くん、待……っ」

音量を絞ったテレビが点いている室内に、押し殺した息遣いが響く。

ソファに押し倒された紗雪は、覆い被さった三辻に身体をまさぐられていた。彼の唇が首筋に触れ、ゾクゾクした感覚がこみ上げる。同時に大きな手がスカートをまくり上げ、太ももを撫でてきて、必死にそれを押さえながら訴えた。

「話を聞いて。さっきはあんな言い方をしたけど、わたしは三辻くんに感謝してる。でも匡平さんと偶然会えたのはチャンスだと思って、それで……っ」

「紗雪は俺の女なのに、コソコソ隠れて昔の男と連絡を取り合うのって一体どんな気持ち？　三年ぶりに会って、もしかして気持ちが再燃した？」

三辻が匡平との仲を誤解しているのだとわかり、紗雪は首を横に振って答える。

「違う……そんなんじゃ……っ」

「紗雪が成塚と連絡を取ってるのに気づいたとき、一気に頭に血が上った。俺に黙って行動しているのはもちろんだけど、知らない男と二人きりで会ってる姿を想像して相手をぶっ殺したい衝動にかられたんだ。これって一体何なんだろうな」

どこか自嘲する口調で言った彼が、言葉を続ける。

「――なあ、グダグダ考えるのをやめて、俺に全部を預けろよ。紗雪が頼ってくれるなら、面倒なことは俺がすべて片づける。礼子と成塚への復讐だって、いくらでも手伝ってやるから」

その声にはどこかやるせない響きがあり、紗雪は驚いて三辻を見る。彼の言動はまるでこちらに独占欲を抱いているかのようで、それをひどく意外に思った。

「三辻くん、あの……」

そのとき電子音が鳴り響き、三辻が動きを止める。それは彼のスーツの胸ポケットから響いていて、懐からスマートフォンを取り出した三辻が舌打ちした。

「――はい、三辻です」

電話越しに相手の声がかすかに聞こえ、彼がソファから立ち上がってベランダに向かう。

そしてサンダルを履き、外に出て窓を閉めるのを見た紗雪は、ふいに「チャンスだ」と考えた。

(今なら三辻くんに気づかれずに、外に出られる。匡平さんに会いに行ける……)

紗雪の脳裏には、先ほど匡平から届いたメッセージの内容が繰り返し流れていた。彼が情報を渡してくれるというのが本当なら、これを逃す手はない。礼子が父の死に関与していることを語った音声データは、犯罪を立証するための大きな証拠だ。

三辻は「成塚は再び紗雪を騙そうとしている」と断言していたが、確かめる価値は充分にある。これまで興信所が調べても素性がわからなかったという匡平と直接交渉できているのだから、この機会を逃すのは惜しく感じた。

(そうだよ。匡平さんがもたらしてくれる情報が本物なら、わたしは喉から手が出るほどそれが欲しい。お父さんの死の真相を明らかにできるかもしれないんだもの)

迷ったのは、一瞬だった。幸い服は脱がされてはいなかったため、起き上がって乱れた髪を整える。

三辻がこちらを見るかもしれないとヒヤリとしたが、彼は電話に集中しているようで気づかなかった。立ち上がった紗雪は床に落ちていた自身のスマートフォンをつかみ、いつも通勤に持ち歩いているバッグの中に放り込む。

そして自宅の鍵をテーブルの上に置き、そっと部屋を出た。

(まだ気づかないで。もう少しだけ……お願い)

玄関の鍵を閉めず、アパートの外に出る。

部屋の窓から見えるほうの道は使わず、逆方向に向かって走り出した。心臓がドクドクと音を立てるのを感じながら角を曲がり、しばらくいった先でタクシーを見つけた紗雪は、手を挙げて車を止める。

目の前で停車し、後部座席のドアを開けた運転手が「どちらまで」と問いかけてきて、息を切らしながら答えた。

「――渋谷までお願いします」

ドアが閉まり、緩やかに車が動き出すと、ホッと息が漏れた。

緊張で手が震えていて、ぎゅっと握ることでそれを抑える。三辻が電話をしているあいだに黙って部屋を出てきたため、それに気づいた彼は今頃怒っているかもしれない。

次に会ったときを想像すると怖くなるが、紗雪は匡平が引き渡してくれるという情報をどうしても諦めることができなかった。もし本物だった場合は、礼子を確実に追い詰めるための一手となる。

(三辻くんには、あとでちゃんと謝ろう。わたしを心配してくれてたし)

紗雪はバッグからスマートフォンを取り出し、ディスプレイをタップする。

そして匡平とのトーク画面を表示し、「これから渋谷のお店に向かいます」という文面を送信して、小さく息をついた。バーならばおそらく他に客がいて、二人きりになるわけではない。

彼に提示された情報が有益でもそうでないにせよ、受け取ってすぐに帰ればいい話だ。

それから二十分少々走り、渋谷駅のハチ公口《こう》でタクシーを降りた。住所を頼りに数分歩き、目的のビルを見つけた紗雪は、エレベーターで二階に上がって店のドアを開ける。

「いらっしゃいませ」

バーテンダーらしき男性に声をかけられ、視線を巡らせた紗雪は、カウンターの真ん中辺りに座る匡平の姿を見つけた。彼がこちらを見つめ、微笑んで言う。

「遅かったね。なかなか紗雪ちゃんから返信がないから、てっきり無視されてるのかと思ってた」

「ごめんなさい、少し……立て込んでいて」

匡平の雰囲気が前回と違うことに、紗雪は戸惑いをおぼえた。

昨日会ったときは白いカットソーの上にネイビーのシャツを羽織った爽やかな服装だったが、今の彼はチャコールグレーのスーツに黒いワイシャツ、青い柄物のネクタイという恰好で、髪も整髪料で上げている。

その服装はいつもの好青年なイメージと違い、裏社会の男を彷彿とさせて、心臓が嫌なふうに跳ねた。中に入るのを躊躇い、紗雪が戸口で立ちすくんでいると、匡平がにこやかに言う。

「こっちに座って。何を飲む？　カクテルの他に、ウイスキーとかワインとかいろいろあるよ」

「あの……」

断りきれずに中に入った紗雪は、店内に他に客がいないのに気づいた。心臓が速い鼓動を刻み始めるのを感じながら、紗雪は彼に歩み寄り、小さく言う。

「メッセージアプリで言っていた音声データと証拠書類、見せてもらっていい？」

「まあまあ。せっかく来たんだから、座って何か飲んでよ」

「渡してくれないなら、もういい。帰ります」

紗雪が踵を返した瞬間、匡平がカウンターの椅子に座ったまま手首をつかんでくる。

ギクリとして振り返ると、彼が楽しそうに言った。

「何で帰るの？　ここには音声データが欲しくて来たんだよね？」

「……っ」

「紗雪ちゃん、浅はかなのは三年前から変わってないんだな。以前より暗い雰囲気になってたからさぞ警戒心の塊かと思いきや、俺の演技にコロッと騙されるんだから」

匡平がニッコリ笑い、種明かしをした。

「君が求めてる音声データと礼子の不正を示す書類なら、ないよ。そんなもの、あったとしても渡すわけがない」

「えっ……」

「そもそも三年前、礼子に前村家具を乗っ取るように命じたのは俺だからね。その前に彼女は他の役員から持ち株を買い取って筆頭株主になろうとしたけど、それは失敗したらしい。だから紗雪ちゃんの父親に死んでもらい、君には相続放棄をさせてすべて礼子に渡るようにしたってわけだ」

前村家具の乗っ取りと相続放棄を画策したのが匡平だとわかり、紗雪は呆然と目の前の彼を見つめる。匡平が楽しそうに言葉を続けた。

「彼女とは、俺が働いていたホストクラブで出会ったんだ。すぐに太客になって、俺の言うことを何でも聞く奴隷になった。まんまと前村家具の社長に収まったあとは、かなりの金を回してもらってるよ」

紗雪は内心ひどくショックを受けながら、彼に問いかける。

「礼子叔母さんに前村家具を乗っ取るように命じたのなら、裏ですべての糸を引いていたのはあなたってこと？　わたしに近づいたのも……？」

「そうだよ。前村家具はそれなりに儲かっている優良企業だから、何とかして手に入らないかなと考えたんだ。調べてみると典型的な同族経営で、社長が死んだあと株式と遺産はすべて一人娘の紗雪ちゃんに行くことがわかった。でも両親と妻が既に死んでるなら、君さえ相続放棄すれば財産は社長の妹である礼子が手にすることができる。問題はどうやって放棄させるかだったけど、要は家裁から送られてくる書類を手に入れればいいわけだろう。だったら女の扱いに長けている俺が、直々に紗雪ちゃんを誑《たら》し込んで家に入り込もうって考えたんだ」

普段のホストキャラでは警戒されると思った匡平は、あえて文学青年風の優しげな人格を演じ、紗雪に近づいたという。

そして父を亡くしてショックを受けているのを傍で献身的に支え、前村家の屋敷に自然な形で入り込んで、家政婦たちを解雇させた上で隙を見て実印を確保した。家庭裁判所から送られてきた相続放棄の書類を手に入れたあとは、筆跡を真似るプロに依頼して署名してもらい、実印を捺して提出したらしい。

それを聞いた紗雪は、震える声で言った。

「わたしの父を殺したのは、匡平さん？　直接手を下したの……？」

「まさか。俺の経営している店で借金を作った奴に追い込みをかけて、『家族に手を出されたくなかったら、前村康孝を事故を装って殺せ』って言ったんだよ。成功すれば、借金をチャラにしてやるって」

都内で町工場を営むその人物は、匡平が経営する違法バカラに嵌まり、多額の借金をしていたという。

激しい取り立てに疲弊した彼は、家族を守るために匡平の依頼を受け、交通事故を装って紗雪の父を殺害した。大幅な速度超過が問題視されると思っていたが、実際は危険運転致死罪は適用されることなく過失運転致死に認定され、裁判の場で弁護士が情状弁護を尽くした結果、執行猶予付きの有罪判決という軽い刑となった。

匡平が「あ、そうだ」と言って紗雪の顔を覗き込み、ニッコリ笑った。

「君、あのあと高輪警察署に『父は殺されたかもしれない』って相談に行ったんだって？『会社と財産を奪うため、叔母が計画した』って訴えたけど、応対した刑事に門前払いされた。違う？」

「どうしてそれを……」

紗雪が怪訝《けげん》な表情でつぶやくと、彼がにんまり笑った。

「そのとき応対した上石《かみいし》っていう刑事、俺の息がかかった奴なんだ。昔から金や女を融通してやっていて、『もしかしたら前村紗雪っていう若い女が相談に来るかもしれないから、上手く握り潰してくれ』って頼んでおいたんだ。そうしたら案の定、紗雪ちゃんが現れて、上石は『君の父親を車で轢いた犯人は捕まっていて、前方不注意だったと言っている』『都内で町工場を経営する人物で、そんな陰謀の疑いがなく身元がはっきりしてる』って答えたと言っていた。上石はその調書を破棄し、紗雪ちゃんの訴えは他の誰にも共有されていない。つまり〝なかったこと〟になってるってわけだ」

父の死と礼子による会社乗っ取り、そして相続放棄のすべてが匡平の計画したことだったと知った紗雪は、怒りに震える。

気がつけば、涙が零れていた。目の前の彼は終始笑っていて、良心の呵責はまるで感じない。むしろ武勇伝のように語っていて、紗雪はそれを見つめながらつぶやいた。

「最低。お金のために、人を殺すの？　あなたのために何人もの人生を狂わせて、それで満足？」

「世の中金に決まってるだろ。掠《かす》め取るチャンスがあるなら、俺は何だってやるよ。あくせく働くより、ずっと楽なんだから」

匡平が「それより」と続け、思いがけないことを言う。

「俺と再会したこと、もしかして偶然だと思ってる？　違うよ、あれは君の身辺を探って、自然な形でニアミスできるように計算した結果なんだ」

「えっ……」

「かつては高輪の大豪邸に住んでいたお嬢さまが、今やボロアパート住まいだなんてな。俺としては風俗辺りに堕ちていてくれれば面白かったけど、ずいぶん堅実に生きているのが意外だった」

それを聞いた紗雪は、少し前に自宅周辺で男に後をつけられたことを思い出す。

あのとき感じていた視線は、匡平が雇った人間がこちらを嗅ぎ回っていたものなのだ。そう気づき、顔をこわばらせてつぶやいた。

「わたしの身辺を探るだなんて、どうして？　会社も遺産も手に入れたんだから、もう用済みのはずでしょう」

「そのはずだったんだけど、思わぬところで名前が浮上してきたからさ。紗雪ちゃん、三辻嵩史とつきあってるんだろ」

彼の口から突然三辻の名前が出てきたのに驚き、紗雪は言いよどむ。

「それは……」

次の瞬間、店のドアが勢いよく開き、振り返った紗雪は目を瞠る。

そこには田名を伴った三辻の姿があり、驚いてつぶやいた。

「三辻くん、どうして……」

「紗雪のスマホに届いたメッセージに、この店の名前があっただろ。いきなりアパートを出ていって、行くとしたらここだと思ってたら、案の定だ」

どうやら彼は、こちらのトーク画面を見た一瞬で店の名前を記憶していたらしい。視線を巡らせた三辻が、匡平に向かって表情を険しくしながらつぶやいた。

「紗雪にちょっかいを掛けていたのは、お前だったんだな。――安高」

すると匡平がニッコリ笑い、彼に向かって挨拶する。

「お疲れさまです、三辻さん。いつ来るのかと思って、ワクワクしてましたよ」

まるで旧知の仲のような二人の会話に、紗雪は混乱する。しかも三辻は匡平のことを違う名前で呼んでいて、戸惑いながら口を開いた。

「どういうこと？　もしかして二人は、知り合いなの？」

「こいつの名前は成塚匡平ではなく、安高凌士という。三年前、紗雪に近づいたときは偽名を使っていて、だから興信所に調査を依頼しても何も出てこなかったんだ」

紗雪が匡平に視線を向けると、彼はニコニコして言う。

「そのとおりだよ。俺の本名は安高凌士で、今は伏龍会っていうグループを仕切ってる。近いうちに、墨谷会の構成員になる予定なんだ」

つまり紗雪に見せていた姿は、名前も経歴もすべて嘘だったということだ。三辻が説明した。

「ここ最近、俺が顧問を務めている墨谷会のフロント企業が次々と営業妨害されるようになった。同じ業態でコンセプトをパクった店を、目と鼻の先にわざと出店するんだ。最初は他の組に仕掛けられているのかと思っていたけど、それは全部お前の仕業なんだろ、安高」

「いつ気づいてくれるかなと思っていたら、結構時間がかかりましたね。質問の答えはイエスで、もちろんわざとですよ。あんたの手掛けた店の傍に、そっくり同じ業態のものを出店する。人は皆新しくて安いものが好きですから、客を奪うのは簡単です」

どうやら最近三辻が関わっていた面倒事の原因は、安高らしい。三辻が言葉を続けた。

「俺は紗雪が父親の会社を叔母に奪われた件に関連して、成塚匡平について調べていた。一ヵ月余り前に紗雪が新宿で前村礼子と一緒にいるのを目撃しているから、今も繫がっているのは間違いない。そう思い、礼子の身辺を張り込ませていたら、興信所から彼女が男と一緒にいる姿をキャッチしたという報告が来た」

先ほどの電話は興信所からで、送られてきた動画を見た三辻は驚いたという。

「前村礼子と一緒にいたのは、安高だった。それを見て俺は、仮説を立てたんだ。かつて紗雪がつきあっていた〝成塚匡平〟は、お前なんじゃないか。たまたまさっき紗雪のスマホが見えて成塚と連絡を取っているのを知ったけど、タイミング的にできすぎている。ならば安高が俺に仕掛けている流れの一環で、紗雪に手を出そうとしてるんじゃないかって」

すると安高が微笑み、慇懃《いんぎん》に拍手する。

「三辻さんの推測どおりですよ。俺はあんたの身辺を探らせているうち、女がいることに気づきました。下の人間に後をつけさせて素性を調べてみると、どこかで見覚えのある女で、記憶を探って礼子の姪であるのを思い出したんです」

偶然を装って会った紗雪は以前より地味になり、最初は安高をひどく警戒していたものの、話をするうちに相変わらず人を信じやすいままだということがよくわかったのだという。

「だから礼子の不正を示す書類と音声データを渡すと持ち掛け、こうして呼び出しました。このあとはセックス動画を撮って配信で稼ぎ、最終的には風俗に沈めようと思っていたんですけど、あなたが来てしまったので残念ですね」

彼の企みを聞いた紗雪は、ショックで言葉を失くす。

まさか自分が暴行されるところだったとは思わず、顔から血の気が引いていくのを感じた。

三辻はそんな言葉の煽りには反応せず、冷静に問いかける。

「シノギの件といい、紗雪の件といい、何でお前は俺に絡んでくるんだ。墨谷会の構成員になりたいなら、日向野組組長の息子である俺と揉めるのは得策ではないだろう。それなのに」

するとそれを聞いた安高が、ふっと笑う。そして正面から三辻を見つめ、ガラリと口調を変えて答えた。

「——気に食わねえんだよ」

「…………」

「墨谷会直参の組長の息子として生まれ、金を稼ぐ能力があって面《ツラ》もいい。寄り合いでは義理の金額で周囲から一目置かれていて、墨谷会の会長からも直接声をかけてもらってる。そのくせ誰からも盃をもらわず、ずっと『カタギだ』ってすかした顔をしてるんだろ。俺から見ると、ヤクザを嘗めてるようにしか見えねえんだよ」

これまでの丁寧な口調をかなぐり捨てた彼が、言葉を続ける。

「あんたと寝たことのある女に聞いたけど、腕から背中にかけてびっしり墨入れてるんだってな。カタギならそんなもん必要ないはずなのに、何で中途半端なことしてるんだ？　恵まれた環境にいるくせに感謝しないで、腹を括《くく》らねえまんまヤクザの世界に関わってる。そんなあんたを見てるうち、ふと思ったんだ。そのポジションも周囲からの評価も、俺が全部奪えばいいんじゃないかって」

紗雪は目の前のやり取りに身をすくませ、立ち尽くしていた。

二人の話から察するに、安高はヤクザかそれに準ずる半グレで間違いないのだろう。そして三辻に対して強烈な対抗意識を抱き、仕事の面で邪魔をしている。

（でも……）

三辻の背中の刺青は父親に無理やり入れさせられたもので、彼自身はヤクザになりたくないと考えていたはずだ。今もシノギの面で組に貢献することで、何とか表面上はカタギに留まっている。

つまり安高の言うことは完全な逆恨みで、見当違いも甚だしいが、傍から見ていたらわからないことかもしれない。

黙って彼の発言を聞いていた三辻が、冷めた眼差しで口を開いた。

「つまりお前は、俺の境遇に嫉妬して挑発してきてたってことか？　……馬鹿馬鹿しい」

「…………」

「今どきヤクザなんて、時代錯誤もいいとこだ。昔は高級クラブやあちこちの飲食店からみかじめ料を徴収して潤っていたが、今は警察にばれると五年、十年と遡って賠償命令が出る。暴力団であることを隠して普通に働いているだけで、〝報酬を騙し取った〟という詐欺容疑で逮捕されるんだ。むしろお前らみたいな半グレのほうが暴排条例の対象外なんだから、何かやらかしても微罪で済む。つまり、ヤクザになるメリットなんてひとつもねえんだよ」

すると安高が鼻で笑い、嘲る口調で言う。

「そんなこと言いながら、あんたは墨谷会とズブズブの関係だろ。説得力ねーよ」

「俺の立場を奪いたいなら、勝手にしろ。でもお前のやり方は、俺というよりクライアントである組関係者を敵に回すのと同じだからな。それは友次副本部長の顔を潰すことだって、わかっててやってんのか」

「……っ」

彼が虚《きょ》を衝《つ》かれたように、言葉に詰まる。

どうやら安高は三辻のことしか見えておらず、その顧客が組関係者であるのを失念していたようだ。だがすぐに表情を取り繕い、余裕の表情で言う。

「そんなの、墨谷会に入って俺自身が力をつければ済む話だ。要はそいつらに文句を言われないくらいの地位に上がればいいんだろ」

「その前に、俺がお前をぶっ潰すけどな。悪いが自分のシノギに手を出されて黙ってるほど、お人好しじゃない」

三辻がおもむろにこちらに視線を向け、紗雪の心臓がドキリと跳ねる。

安高に対峙している彼は淡々とした口調ながらも裏社会の人間特有の凄みがあり、張り詰めた空気に当てられた紗雪はすっかり萎縮《いしゅく》していた。そんな気持ちを知ってか知らずか、三辻が短く言う。

「紗雪はちょっと外に出てろ。安高と話がついたら、送っていくから」

そのとき安高が紗雪の腕を強く引き、強引に身体を抱きすくめてくる。つんのめる形で彼の胸に顔を突っ込んだ紗雪が息をのむと、彼がニッコリ笑って三辻を見た。

「なあ、知ってるか？　この女のかつての恋人は俺なんだ。当時の俺はとにかくこいつを誑し込むのが目的だったから、ことさら丁寧に扱った」

「…………」

「当時はプラトニックに徹して手を出さなかったけど、顔と体型は悪くないし、あんたがわざわざイロにするくらいだからそれなりに魅力があるんだろ？　この女は俺が味見したあと、舎弟たちで輪姦《まわ》す様子を撮影し、編集して動画配信する。そのあとは風俗に沈めて、劣化するまで金を稼ぎ続けてもらう予定だ。どうだ、いいプランだろ」

三辻が安高を見つめ、沈黙する。

拘束されたままの紗雪は、ドクドクと鳴る胸の鼓動を意識していた。振り解こうにも安高の力は強く、びくともしない。このままでは、三辻の足手纏いになってしまう——そう考えた瞬間、目の前で安高が深く息をついて、ドキリとした。

一旦目を伏せ、視線を上げた三辻が、吐き捨てるようにつぶやく。

「——誰がてめぇなんかにやるかよ、クソが」

彼の長い脚が振り上げられ、紗雪の身体すれすれのところにある安高の脇腹を正面から思いきり蹴りつける。

反応できずに食らった安高が息を詰まらせ、座っていたスツールがグラリと後ろに傾いた。

彼の拘束が緩んだのを感じた紗雪は、よろめきながらも咄嗟にその腕から逃れる。すると三辻がこちらの身体をグイッと引き寄せ、自身の背後にいた田名に預けたあと、安高を見下ろして告げた。

「そこまで噛みついてきたんだ、反撃されるのも計算のうちだろ。油断してんじゃねえよ」

「……っ」

カウンターにつかまり、何とか倒れずに持ちこたえた安高が、痛みをこらえる顔でニヤリと笑う。

そしてぐっと拳を握り、驚くべき速さで三辻の顎を狙った。左右の腕を次々と繰り出していく彼の動きは無駄がなく、紗雪は呆然とそれを見つめる。

三辻が自身の腕で安高の攻撃をガードしたあと、カウンターを放つ。すると安高が最低限の動きでそれを躱し、紗雪は彼にボクシングの素養があるのだと気づいた。

そのとき店の入り口がバンと開き、八人ほどの男たちが入ってくる。いずれも二十代とおぼしき彼らは安高の舎弟のようで、田名が紗雪を壁際に寄せ、自身の身体を盾にしながらささやいた。

「動かないでください」

「おい、女を寄越せよ、こらぁ！」

巻き舌で言いながらこちらに立ち向かってきた男を、田名が鮮やかな動きで殴り倒す。三辻のほうはといえば店の真ん中で乱闘状態になっていて、複数人を一人で相手にしていた。

後ろから拘束しようとしてくる相手の鼻に裏拳を食らわせ、よろめいたその男を蹴り飛ばして、傍にいた人間も同時に倒す。テーブル席に彼らが突っ込むと激しい音がし、紗雪はビクッとして耳を塞いだ。

店内は、男たちが上げる怒声で満ちていた。三辻は正面から向かってくる相手の肘の辺りを押さえてパンチの軌道をそらせ、顎に掌底を食らわせる。別の方向から来た男は脚を引っかけて転ばせ、その腹部に自身の靴先をめり込ませていた。

「ぐぅ……っ」

普段の穏やかで知的な佇《たたず》まいとは一変し、容赦のない動きで相手をねじ伏せる彼は、ヤクザそのものだ。多勢に無勢の中で善戦していた三辻だったが、それでも数で勝る彼らにつかみかかられ、次第に服装が乱れていく。

「調子に乗んなよ、てめえ」

「死ねよ！」

彼らが上げる声が恐ろしく、紗雪は壁際で身をすくめる。

まさか自分がこんな乱闘に巻き込まれるとは思わず、怖くて仕方なかった。それ以上に大勢に殴りかかられている三辻が心配で、ただ固唾《かたず》を飲んで見守るしかない。

やがて彼が一人の男の頭をつかみ、自身の膝にその顔を叩きつける。そんな三辻の左頬に、隙を突いて近づいた安高のパンチがクリーンヒットするのが見えた。

ガードできなかった三辻がよろめくのを見た紗雪は、息をのむ。

「……っ」

咄嗟に口元を覆い、漏れそうになった悲鳴を押し殺したものの、心臓が激しく脈打っている。

だが三辻がふらついたのは一瞬で、すぐに長い脚で回し蹴りを繰り出して安高のこめかみを狙った。安高が腕でガードし、しばらくそうしてやり合ったあと、一気に距離を詰めた三辻が安高の腹に強烈なボディブローを叩き込む。

「……っ」

身体をくの字に曲げた安高が苦悶の表情になり、胃の内容物をわずかに吐き出した。

口元を拭って悔しそうな表情をする彼に対し、三辻は至ってクールだ。殴られたせいで左頬がやや赤くなり、服装も乱れているものの、焦っている様子は微塵もない。

すると安高が自身のポケットを探り、そこから折り畳みナイフを取り出した。ナイフを広げた彼はそれを構え、鋭い動きで三辻に斬りつける。紗雪は蒼白になり、目の前に立つ田名の腕をつかんで言った。

「田名さん、三辻くんを助けに行ってください。早く……っ」

「動かないでください。嵩史さんなら大丈夫ですから」

こちらに向かってきた相手の腹部を蹴りつけつつ店内の乱闘の様子を見つめる田名は、ひどく冷静だ。彼が淡々と説明した。

「彼はオヤジに引き取られた頃から高校入学まで乱闘に明け暮れていましたから、こういう状況には慣れています。あんな半グレ程度なら、一人で大丈夫ですよ」

「でも……」

こちらの会話をよそに、武器を手にした安高は反転攻勢に出ていた。

次々とナイフの切っ先を繰り出し、それを避ける三辻は防戦一方に見える。ときおり刃先がスーツの生地を切り裂いており、それを見つめる紗雪はヒヤリとした。安高が勝利を確信した顔で、笑いながら言う。

「どうした、ナイフにびびってんのか？　逃げてばっかいないで、かかってこいよ」

「――……」

気がつけば男たちは床でうめき声を上げており、店の真ん中で立って動いているのは三辻と安高だけになっていた。

ナイフを躱しながらじりじりと後ずさった三辻の背中が、やがてカウンターに当たる。それ以上逃げられないと踏んだ安高が、目をぎらつかせながらナイフを振り上げた。

その瞬間、後ろ手にカウンターに置かれたガラス製の灰皿をつかんだ三辻が、安高のこめかみを殴りつける。

「ぐ……っ」

ガツッと鈍い音が響き、安高がナイフを取り落として頭を押さえた。

三辻は再び灰皿を振り上げ、もう一発頭を強く殴りつける。鈍い音が響き、安高が呻きながら床に膝をつくと、灰皿を床に放り投げた三辻は彼の胸倉をつかみ、今度は拳で激しく殴り始めた。

ガツッ、ゴツッ、という肉を打つ音を聞きながら、紗雪は呆然と目の前の光景を見つめた。容赦なく安高を殴りつける三辻は、無表情だ。最初は抵抗しようとしていた安高だったが、やがてその腕がだらりと下がり、殴られるがままになる。

やがてどのくらいの時間が経ったのか、三辻がようやく拳を振り上げるのをやめた。安高の顔は血で真っ赤に染まっており、容貌がわからないほどになっている。

三辻は彼を物のように床に投げ捨て、その身体を跨いでしゃがみ込んだ。そして安高の髪をつかんで血まみれの顔を上げさせると、うっすらと笑いを浮かべながら告げる。

「自慢の顔が、大変なことになってるぞ。鼻の骨がぐちゃぐちゃになってるから、もしかしたら整形しないと駄目かもな」

「…………」

「ずいぶんと嘗め腐った真似をしてくれたけど、落とし前はこんなもんじゃねえぞ。てめえのやったことは墨谷会傘下の組を敵に回すことだから、友次副本部長も庇《かば》いようがない。トカゲの尻尾《しっぽ》切りみたいに、たぶんさっさと切り捨てるだろう」

安高は血まみれの顔で薄く目を開け、苦しそうな呼吸を繰り返している。三辻が言葉を続けた。

「お前が仕切ってる伏龍会は、マジもんのヤクザの追い込みにどの程度耐えられるかな。今後が楽しみだ」

三辻が安高を放して立ち上がると、周囲にいた舎弟たちが「ひっ」と声を漏らす。

彼らはリーダーの安高が負けたことで、すっかり戦意を喪失していた。それに目もくれずにこちらにやって来た彼は、田名に向かって問いかける。

「紗雪に怪我はないか？」

「はい」

「黙って見てないで、お前も少しは手伝ったらどうだよ」

「前村さんを守るのが、この場での私の役目だと思いましたので。それともやっぱり一人はきつかったんですか？」

揶揄するような田名の言葉に、三辻が忌々《いまいま》しげに舌打ちする。そしてこちらに視線を向けてきて、紗雪の心臓が跳ねた。

「俺があれだけ『成塚は信用できない』って言ったのに、一人で抜け出しやがって。俺が来なかったら一体どうしてたんだよ」

彼の言うことは至極もっともで、紗雪は深く頭を下げて謝罪する。

「ごめんなさい！　わたし、父の死の真相を解明する証拠になるかもしれない音声テープがどうしても欲しくて……それで」

「話は、場所を変えて聞く。とっととここからズラからないと、他の店が呼んだ警察が来そうだ」

三辻に「行こう」と促された紗雪は、頷いて店を出る。

その直前に安高のほうを振り返ったが、彼は床に大の字になって倒れたまま動かなかった。

さまざまな思いを断ち切るように目をそらした紗雪は、そのまま店を出て廊下を歩き出した。

第六章

　荒れ放題のバーから廊下に出ると、騒ぎに気づいていたらしい他の店のスタッフがこちらを見ていて、目が合った途端に慌てて店内に引っ込む。

　歩きながらできるかぎり身なりを整え、血飛沫《ちしぶき》が飛んだワイシャツとベストをジャケットの前ボタンを閉めることで隠した三辻は、エレベーターではなく階段に向かいつつ田名に問いかけた。

「この恰好だから、裏口から出たほうがいいな」

「私が様子を見てきます」

　一階に下りた彼がビルの裏口に向かい、ドアを開けて周囲を見回す。

　田名が頷くのを確認した三辻は、紗雪の肩を引き寄せて外に出た。路地を歩き出すと、表通りを赤色灯を点けたパトカーが走っていくのが見え、ホッと胸を撫で下ろす。

（タッチの差だったな。警察に見つかると、面倒なことになるところだった）

田名がパーキングに停めた車を取りに行こうとしたため、三辻は「俺の車にしてくれ」と言って自身のキーを渡す。

彼が去っていき、生ぬるい夜風が吹き抜ける中、三辻は隣に立つ紗雪を見下ろした。彼女は胸元でぎゅっと手を握り合わせ、青ざめた顔で目を伏せている。その様子からは先ほどの乱闘に心底怯えているのが見て取れ、三辻は「当然か」と考えた。

（殴り合いとは無縁の、お嬢さま育ちだもんな。怯えるのも無理はない）

やがて田名が三辻の車を運転して現れ、二人で後部座席に乗り込む。

三辻の自宅までの二十分弱のあいだ、互いに無言だった。やがてマンションの車寄せに停車した田名が、こちらを振り向いて言う。

「私はオヤジと友次副本部長に、安高の件を報告してきます。何か他にお伝えすることは？」

「いや、特にない」

「では、私はこれで」

彼が車を緩やかに発進させて去っていき、三辻は紗雪を伴ってマンションの中に入る。

コンシェルジュがこちらの乱れた姿を見て一瞬ぎょっとした顔をしていたものの、何も言わずに頭を下げてきた。エレベーターに乗り込み、四階の自宅の鍵を開けて中に入った三辻は、小さく息をつく。すると紗雪が遠慮がちに、「あの」と声をかけてきた。

「三辻くん、怪我をしてるから病院に行ったほうがいいんじゃない？　夜間救急なら開いてるし」

「この程度なら、全然問題ない」

「でも切り傷とか、手もすごく腫れてるし」

確かにシャツの胸元はナイフで切り裂かれてわずかに血が滲み、拳は人を殴りすぎて腫れ上がっている。

だがこの程度の傷は、昔は日常茶飯事だった。三辻はテレビの横にある棚から救急箱を取り出し、ソファに座りながら答える。

「こういう傷の手当ては慣れてるから、大丈夫だ。消毒液や湿布も揃ってる」

「じゃあわたしにやらせて」

スーツのジャケットとベスト、ワイシャツを脱ぐと、紗雪が切り傷の消毒をする。

彼女の手つきはたどたどしく、それ以上に小刻みに震えていて、それに気づいた三辻は紗雪に声をかけた。

「おい、大丈夫か？」

「……っ」

その瞬間、彼女が顔を歪め、目から大粒の涙がポロポロと零れ落ちる。

消毒液を染み込ませたガーゼを握りしめながら、紗雪が絞り出すような声で言った。

「ごめんなさい。わたしのせいで、あんなことになってしまって。あなたは『怪しい』って警告してくれていたのに、それを聞かずに会いに行ったりしたから」

「まったくだ。あんなわかりやすいトラップに引っかかって、もし俺が行かなかったらあの舎弟共に輪姦されてたんだぞ」

とはいえ三辻が成塚と安高が同一人物だと気づいたのは、彼女のアパートにいるときにかかってきた電話がきっかけだ。興信所が送ってきた動画を見た瞬間、〝成塚匡平〟がなぜこのタイミングで紗雪に接触してきたかがわかり、ふいにストンと腑に落ちた。彼女が涙を零しつつ言葉を続ける。

「あんなにたくさんの人と乱闘になって、もしかしたら三辻くんが殺されるんじゃないかと思って……怖くてたまらなかった。田名さんは『嵩史さんなら一人で大丈夫です』って言って、助けに行こうとしないし」

「あの程度の人数なら、ちょっとしんどいけどまあ何とかなる。それより紗雪に怪我がなくてよかった」

――三辻は改めて説明した。

三週間前、墨谷会の寄り合いで安高に話しかけられ、そのときの彼は「シノギについて参考にさせてください」と殊勝な態度だったこと。

しかしその直後から三辻が顧問を務める店の近隣に類似店が次々とオープンし、売上に打撃を受けたこと。いずれも組関係者の店だったため、経営改善策を講じるようせっつかれて、最近は寝る間を惜しんで仕事をしていたこと――。

「並行して成塚匡平についても調べていて、さっき紗雪のアパートにいるときかかってきた電話は、興信所からの報告だったんだ。話しているうちに紗雪がいなくなって、おそらくメッセージにあった店に行ったんだと思って、すぐに後を追いかけた」

「さっき彼と話したとき、『三辻嵩史について調べていたら、その過程で君の存在が浮上した』って言ってたの。それって三辻くんに嫌がらせがしたくて、わざわざわたしに接触してきたってことだよね」

「ああ。今回の件は、かつて紗雪を騙した男と俺の仕事の邪魔をする半グレが、同一人物だという偶然が引き起こした話だ。あいつが俺に対して強烈な対抗意識を抱いていたのが、事の発端なんだと思う」

紗雪が目を伏せて言った。

「前村家具の乗っ取りを企んだのは、礼子叔母さんではなくて彼だったみたい。叔母さんはホストをしていた彼の大口の客で、お父さんを殺してわたしに相続放棄させれば、会社も遺産もすべて手に入れられると考えたんだって」

彼女が自身のバッグの中からスマートフォンを取り出し、ディスプレイを操作しながら言葉を続ける。

「実はあのお店に入る前、スマホのボイスレコーダーアプリを起動させてたの。彼との会話が、後々警察に訴えるための証拠になるかもしれないと思って」

それを聞いた三辻は、眉を上げてつぶやく。

「上出来だ。音声は上手く録れてるか？」

再生してみると、ホストの安高に嵌まった礼子が彼の〝奴隷〟になり、現在の前村家具はいわば伏龍会のフロント企業のようになっていること。安高が自身の経営する闇バカラで多額の借金を作った男に依頼し、事故を装って前村康孝を殺害したこと。そして高輪警察署の刑事である上石に鼻薬を嗅がせ、紗雪の訴えを握り潰したことなどが赤裸々に語られていた。

三辻は感心して言った。

「この音声は、安高が仕出かしたことを告発する証拠になる。それだけじゃなく、君の訴えを握り潰した刑事についても摘発できるはずだ。いい機転だったな」

すると紗雪が沈痛な表情になり、「でも」とつぶやく。

「三辻くんやあの人が言うとおり、わたしが考えなしなのは事実だから。彼の言うことにまんまと騙されて、あのままだったらきっとひどい目に遭わされてた。わたしを助けに来たばかりに、三辻くんはこんなに怪我をして」

そう言って彼女が、腫れ上がった三辻の拳をそっと持ち上げる。

そして消毒液を染み込ませたガーゼで患部を浄めてきて、三辻はそれを見つめながら答えた。

「紗雪のことがなくても、遅かれ早かれああいうことになっていたと思うよ。あいつは俺を潰したがっていたから」

「でも――三辻くんを〝恵まれた境遇〟っていうのは、おかしいよ。あなたは望んでヤクザの子どもに生まれたわけじゃなくて、カタギに踏み留まろうとしていたのに。背中の刺青だって父親に彫るのを強要されたものなのに、勝手に羨んで『奪ってやる』だなんて、許せない。完全な逆恨みでしょ」

紗雪の声音がひどく感情的で、安高に対して心から憤っているのがわかり、三辻は目を瞠る。

拳の傷の手当てをする彼女の手は、白くたおやかだ。それを見つめた三辻は、ふいにポツリとつぶやいた。

「……昔もあったよな。こんなこと」

「えっ？」

「紗雪は覚えてないかな。中三の夏頃、俺は他校の生徒に絡まれて乱闘したあと、昼から登校していた。そのときもこうして拳に怪我をしていて、人気のない階段に座っていたら、そこに紗雪が通りかかった」

教科担任に頼まれて授業道具を運んでいた彼女は、三辻の姿を見て驚いた顔をした。

当時の三辻は荒れており、私立中学の上品な校風の中で明確に浮いていた。クラスメイトや教師はそんな自分を見て見ぬふりをするのが通常だったため、てっきり紗雪もそそくさといなくなるものだと考えていたが、彼女はこちらを見て「怪我してるの？」と問いかけてきた。

「紗雪は自分のハンカチを濡らしてきて俺の傷口を拭いたあと、絆創膏《ばんそうこう》を貼ってくれた。そして突然、『喧嘩、好きでしてるの？』って聞いてきたんだ。俺が面食らいながら『そんなわけねえだろ』って答えたら、紗雪は『そうだよね』って笑ったんだ。その笑顔が天真爛漫で、いかにも育ちのいいお嬢さまって感じで、俺とは全然違う世界の人間なんだなと思った」

当時の紗雪は学年でもトップクラスの優等生で、有名企業の社長を父に持つお嬢さまらしい、品のある雰囲気の持ち主だった。性格は明るく闊達《かったつ》で、その健やかさ、屈託のなさは、三辻にとって眩しく思えた。

「俺がヤクザの息子なのは噂になってたし、たぶん一度くらいは聞いたことがあるはずなのに、紗雪は他の生徒に対するのと同じように笑顔で俺に接してくれた。それがすごく意外で、同時にうれしかったんだ。『こんな子もいるんだな』って」

紗雪は「せっかく登校してきたんだから、授業に遅れないように出てね」と言って去っていった。

ごくわずかなやり取りだったが、それは三辻の中で強く印象に残った。

「親父は俺を引き取ってから凄惨な暴力の現場を何度も見せつけて、ヤクザとしての英才教育を施した。シマの中の商売絡みで飛びそうになった奴を死ぬ寸前まで拷問したり、下手打った組員にヤキを入れるところばかりを見せられるうち、俺はどんどん荒んでいったんだ。中学に上がった辺りから酒や煙草に手を出して、とにかく攻撃的になってあちこちで暴力事件を起こしたり、クスリを試したりと、やりたい放題だった」

女に対してサディスティックな振る舞いをするようになったのも、その頃からだ。

日々の鬱屈を晴らすかのようにセックスはどんどん嗜虐的な方向にエスカレートし、それも三辻にとっては密《ひそ》かなコンプレックスだった。

当時の三辻の中にはとにかく昏《くら》い感情が爆発しそうなほどに渦巻いていて、気持ちの持っていきようがなかった。それを紛らわせるために荒れた日々を送っていたが、誰を殴っても、酒を飲んでも、女を抱いても気が晴れることはなかった。

「でも紗雪と学校で話したのをきっかけに、ふと『ヤクザにならない人生を、自分でつかみ取ればいいんじゃないか』って考えたんだ。勉強して知識をつけて、シノギの面で組に貢献することで〝カタギ〟に踏み留まる。ヤクザにならなくても稼げるんだって証明できれば、親父を説得できるんじゃないかって」

一念発起した三辻は、中学三年の夏から猛勉強し始めた。内申点の悪さから、底辺の高校にしか行けなかったものの、それから三年が経つ頃には国内トップクラスの大学に現役合格するほどの学力を身につけていた。

「大学進学に関しては、親父が『そんなものは必要ない』って言って学費を出すのを渋っていたところを、墨谷会の樫井会長が『これからのヤクザは、頭がよくなきゃやっていけねえ』『いずれ嵩史がブレーンになってくれるなら、日向野組はもっと大きくなる。そのための先行投資をしてやればいいんじゃないか』って口添えしてくれて、何とか進学することができた。それから在学中に公認会計士の資格を取って、これでようやくヤクザにならなくてもいい流れができたと考えて、ホッとしたんだ。たとえヤクザの息子として生まれても、違う生き方を選べばいい――そう考えるきっかけになったのは、紗雪だった」

「そうなの？」

もし紗雪と会話する機会がなく、あのまま荒んだ生活を続けていたら、三辻は今頃生粋のヤクザになっていたに違いない。

違法なシノギに手を出し、とにかく墨谷会の中でのし上がることを考えて、安高のような人間になっていたのは充分に想像がつく。そんなふうに考えながら、三辻はやるせなく笑って言った。

「でも大学四年で就職先が決定した直後、親父に強引に刺青を入れられた。いきなり組の構成員に捕まえられて彫り師のところに連れていかれ、抵抗したらぶん殴られて、なすすべがなかったんだ。一度彫り始めたら中途半端にはできず、最後までやらざるを得ない。完成した刺青を見たらもう自分が普通に生きられないのを悟って、それから腹を括った。所詮俺はクズだ」

あのときの屈辱とやるせなさを、三辻は思い出す。

ヤクザの息子として生まれた事実を消せないなら、せめてギリギリのところに踏み留まっていたいと考え、そのために積み重ねた努力は並大抵のものではなかった。傍から見れば組に上納金を渡している時点で、自分はヤクザも同然かもしれない。だが「誰からも盃をもらわず、あくまでもカタギとしてシノギの面で組に貢献する」という主張を、墨谷会会長の樫井謙次郎は認めてくれた。

なのに三辻の父親の日向野は、「この俺の息子が、真っ当な生き方ができるわけねえだろ」「俺のため、そして組のために尽くすのがお前の役目だ」と言って笑い、息子の身体に無理やり刺青を入れることでヤクザの世界に縛りつけた。

あれから五年、三辻の心はすっかり荒んでしまった。昔のように派手な乱闘事件を起こしたりはしないものの、必要があればシノギ関連でやらかした半グレたちをぶちのめし、違法すれすれのところを狙って組の人間に商売の指南をする。

半ば意地のようにカタギを装っているものの、その内実はほとんどヤクザだ。三辻は自嘲して笑いながら言葉を続けた。

「そんな折、紗雪と再会した。十二年ぶりに会ってみると、君は中学の頃の明るく闊達な雰囲気がまるでなくて、その変貌ぶりに興味を抱いた。事情を聞けばそうなるのも頷けたけど、俺はかつて気持ちを動かした紗雪を手元に置いておきたくなったんだ。だから復讐を手伝うのを餌に、君を玩具にした」

紗雪は中学時代が嘘のように地味で鬱々とした雰囲気の持ち主になっていたが、行為の最中に反発もあらわな目でこちらを見てくるのが新鮮だった。

世間知らずであるがゆえに男に騙され、叔母にすべてを奪われたくせに、心だけは折れない。お嬢さま育ちの彼女がそんな反骨精神を持っているのが意外で、それに煽られて何度もひどい抱き方をした自分は、鬼畜と言われても仕方ない。

三辻は「でも」と続け、紗雪を見た。

「紗雪が泣きながら俺を罵倒してきたとき、何ていうか見る目が変わったんだ。今まで俺にそんなふうに噛みついてきた女はいなくて、その捨て鉢さや、とことん俺のことが嫌いなんだろうなっていう態度にむしろ興味をそそられた」

三辻の「俺たち、つきあおう」という言葉をきっかけに交際がスタートしたが、こちらが優しくするとひどく戸惑った様子を見せる紗雪は可愛らしかった。

いつも一緒にいるときはどこか緊張し、頑なな表情を崩さない彼女だが、ふとした瞬間に見せる笑顔は中学時代を彷彿とさせて目を奪われる。そして刺青を彫った経緯について話したとき、紗雪はまるで自分のことのように強い憤りを見せ、そんな彼女に三辻は心を揺さぶられた。

「紗雪が俺の刺青が親父に強要されたものだと知ったとき、『親に強要されてヤクザになるなんて、おかしいと思う』ってはっきり言ってくれるのを聞いて、俺は長いこと心の奥底に沈めていた怒りを思い出した。高校を卒業するときに『俺はヤクザになる気はない』『俺なりのやり方で組に貢献するから、それで許してくれないか』って告げて、一旦それに納得したふりをしながら反故にした、親父への憎しみを」

すると紗雪がかすかに顔を歪め、沈痛な面持ちで言う。

「それは……当然だよ。三辻くんには、怒る権利があると思う」

「でもヤクザになりたくなかったと言いながら、今の俺はヤクザそのものだ。紗雪もさっき見ただろ？　ああやって人を殴るのに躊躇いがない人間は頭がおかしいし、どう考えてもカタギじゃない」

殴るのに躊躇いがないどころか、三辻は安高を完膚なきまでにぶちのめしたことにまったく後悔はなかった。あの手の人間は、ぬるい対応をすれば必ず報復してくる。相手の矜持をとことん折るところまで拳を振るうのは、長年培ってきたセオリーのようなものだった。

三辻は「だから」と言って顔を上げると、紗雪を見つめて言った。

「俺と紗雪の〝恋人ごっこ〟は、今日で終わりだ。もう解放してあげるよ」

「えっ……」

「でも無責任に放り出すんじゃなくて、前村礼子と安高が紗雪の父親の死に関わった件を告発できるよう、全面的に協力する。腕のいい弁護士を紹介するし、その費用はこっちが持つから心配しなくていい」

彼女はなぜかショックを受けた様子で、言葉を失くす。三辻は感情を抑え、努めて淡々と話を続けた。

「これを機会に、今の仕事を辞めて引っ越したらどうかな。会社の人間関係、最悪だって言ってただろ？　俺が条件がいい会社を探すこともできるし、引っ越し費用も出すよ」

他に紗雪のためにできることはないかと考え、三辻は「それから」と付け足した。

「これまで俺が君にしてきた行為は、暴行と同じだ。その慰謝料も払うから」

ソファから立ち上がり、コンシェルジュにタクシーを呼んでもらうため、電話しようとする。

その瞬間、彼女がぐいっと腕を引っ張ってきて、三辻は目を瞠った。

「……紗雪？」

「どうしてわたしの意見も聞かずに、勝手に話をまとめてるの。こっちの意見には聞く価値もないと思ってる？」

「そんなことはないけど」

「わたしは三辻くんと、別れたくない。……あなたが好きだから」

あまりに思いがけない言葉を聞かされて、三辻は唖然とする。束の間の沈黙のあと、複雑な気持ちで紗雪に問いかけた。

「俺に同情してるなら、気を使う必要はないよ。紗雪、俺のこと嫌いだろ」

「確かに最初は、嫌いだった。三辻くんの刺青を見たときは『この人は本当にヤクザなんだ』っていう怯えの気持ちがあったし、いいようにされるのが悔しくて、『こんな人に負けたくない』とも思った。ひどい抱き方をされながらもそれに耐えていたのは、三辻くんが礼子叔母さんと成塚匡平の情報をくれるって言ったからだよ。それなのに実際はあなたは何も調べてなくて、ただわたしを玩具にしてたんだって知ったときは、本当に腸《はらわた》が煮えくり返る思いだった」

彼女の怒りはもっともだ――と三辻は考える。

いつしか自分は他人の気持ちに一切頓着しないようになり、都合よく利用したり搾取するのが当たり前になっていた。

(そんな人間は……嫌われて当然だ。ヤクザとかカタギ以前に、人としておかしいんだから)

目を伏せる三辻に対し、紗雪が「でも」と言葉を続ける。

「あなたが本当はヤクザになりたくなくて努力を重ねていたり、それを父親に裏切られて自暴自棄になったっていう話を聞いたとき、この人も悩んだり苦しんだりする同じ人間なんだって思った。むしろ逃げ場がない中で、全部受け入れたふりをすることで自分の心に蓋をしてしまったんだって考えたら……自分と似ていると感じた。わたしも三年前に叔母と恋人に裏切られて、とても苦しんだから」

紗雪は礼子と安高に憎しみを抱きながらも彼らを断罪することができず、一方で生きるために働かなければならない状況やそこでの人間関係に苦しみ、誰も傍に寄せつけないことでそれ以上傷つかないように予防線を張っていたという。

彼女は三辻の手を離さないまま、こちらを見上げて言った。

「三辻くんに『つきあおう』って言われたあと、あなたが優しくなって……もしかしたら演技なんじゃないかとか、そのうち手痛いしっぺ返しがくるかもしれないって思いながら、本当の恋人みたいな気遣いを見せてくれるのがうれしかった。それでふと、考えたの。全部が終わったら組関係のしがらみをすべて断ち切って、わたしと一緒に遠くに行ってくれないかなって」

「断ち切る……？」

「うん。あなたには立派な資格があって、表の世界でも充分やっていける力を持ってる。組から抜けるのは容易ではないかもしれないし、何より三辻くんに執着している父親が許さないかもしれない。でもあなたが『カタギになりたい』っていう思いを今もまだ持っているなら、わたしはどこにだってついていく。だからこの世の果てまで、一緒に逃げよう」

紗雪の瞳と握る手には強い意志が宿っていて、三辻はそれを呆然と見つめる。

カタギになど、到底なれないのだと思っていた。背中に彫られた刺青は消せず、暴力に慣れている自分は根っからのヤクザだ。そう考えていたからこそ、何もかも捨てて逃げるという選択肢は端《はな》から持ち合わせていなかった。

（でも……）

彼女の言葉がじわじわと浸透し、やがて渇望に代わる。三辻はポツリとつぶやいた。

「……できるかな、そんなこと」

「できるよ。三辻くんが諦めなければ、何度だって生き直すことができる。他の人が何て言おうと、わたしだけはそれを応援するから」

微笑む彼女を見つめるうち、重苦しいものが喉元までせり上がってきて、三辻は紗雪につかまれていないほうの手で自身の目元を覆う。そしてそのまましばらく沈黙し、やがて口を開いた。

「馬鹿だな。俺みたいのに引っかからなくても、紗雪ならちゃんとした相手を捕まえられるのに」

「そんなことないんじゃない？　最初につきあった男は詐欺師の半グレだったたし、会社で告白してきた相手は断られた途端に態度を豹変させてネチネチ絡んでくるような、陰険な性格の持ち主だし。前に三辻くんが言ってたみたいに、たぶんわたしにはある種の人間を苛立たせるような要素があって、癖のある男しか寄ってこないんだと思う」

彼女が笑い、悪戯《いたずら》っぽい口調で言った。

「で、どうする、わたしの提案に乗る？　三辻くんなら、一度決断すれば全部完璧にこなしそうだけど」

見下ろすと目をキラキラと輝かせる紗雪の顔があり、昔を彷彿とさせるような明るい表情に、三辻は懐かしさをおぼえる。

彼女は何も悲観しておらず、ただこちらを信じてくれているのが伝わってきて、面映ゆさをおぼえた。三辻は「そうだな」とつぶやき、かすかに微笑んで答えた。

「実行するなら、綿密なプランニングが必要だ。まずは前村礼子と安高の罪を明らかにして、紗雪が不当に奪われたものを取り返さなきゃならないし、俺が今受け持ってる仕事も整理する必要がある」

目まぐるしく考えながら、三辻は気分が高揚するのを感じる。

これまで欠片も考えていなかった〝組との関係を断ち切り、カタギになる〟ことを具体的に考えた途端、目の前が開けた気がした。おそらく自分が思う以上にヤクザの息子という境遇や背中に刺青があるという事実が重くのし掛かっており、精神的に鬱屈していたに違いない。

だがしがらみをすべて断ち切って自由になっていいのだと思うだけで、心が格段に軽くなる。

そのとき彼女が「あの」と遠慮がちに腕を引いてきて、三辻は問い返した。

「ん？」

「わたし、三辻くんが自分と同じ気持ちでいてくれること前提で話してたけど、その……はっきり言ってないよね？　わたしが好きだって」

「ああ、まあ」

「勘違いだったら困るから、ちゃんと言ってほしい。……三辻くんの気持ち」

モソモソとした言い方が可愛くて、三辻の中で苛めたい気持ちが募る。

ことさらクールな表情を作り、三辻はあっさりした口調で言った。

「そういうのって、必要？　いちいち言葉にするの、得意じゃないんだけどな」

「………」

「なんてね。――好きだよ、紗雪のこと」

彼女がびっくりした顔で「えっ」とこちらを見上げ、三辻は重ねて言う。

「いつも傍に置きたいと思うし、他の男に手を出されるのを想像するだけで許せない気持ちになる。俺にできることは何だってしてやりたいし、元々素材はいいんだから、うんと着飾らせて連れ歩きたい願望もあるな。何より自分に笑顔を見せてほしいって思うのって、紛れもなく恋だろ」

言い方が軽いせいで懐疑的な気持ちになったのか、紗雪がみるみる頬を紅潮させて問いかけてくる。

「何それ。もしかしてわたしのこと、からかってるの？」

「何でそんなふうに思うんだよ。俺は今までちゃんとした恋愛をしたことはないし、女は性欲処理の道具にすぎないって思ってた。相手を人とは思ってない最低の振る舞いで、紗雪のことも最初はそういうふうに扱ってたけど、今は違う。君を大切にしたくて、好かれたくてたまらない」

三辻は彼女の隣に腰掛け、その手を改めて握る。そして紗雪の顔を見て真摯に告げた。

「こんなふうに聞こえのいい言葉を重ねても、後悔の念を口にしても、俺が紗雪をひどく扱った事実は消えない。君を都合よく使っていたことと卑怯さに関しては、俺は安高と同じだ。でも紗雪が許してくれるなら、もう二度とあんなふうに扱わないと約束する。傷つけた分、俺の人生を懸けて償っていくから、これからも一緒にいてくれないか」

最初は疑っていた彼女の表情が、徐々にホッとしたように緩んでいく。やがて紗雪は、三辻の愛してやまない笑顔になって言った。

「いいよ。三辻くんがそこまで言うなら、一緒にいてあげる」

「たぶん組から離れるとなったらゴタゴタするし、もしかしたら紗雪にも迷惑がかかるかもしれないけど」

「わたしは平気だよ。一度何もかも失くしたんだから、ある程度は腹を括ってるつもり」

腕を伸ばし、華奢な身体を抱きしめると、心が満たされていくのを感じる。

花のような香りを胸いっぱい吸い込みながら、三辻は決意を新たに考えた。

(この先も紗雪と一緒にいるためには、俺はしがらみをすべて断ち切らないと。――これから忙しくなるな)

＊＊＊

その後、三辻が手配した弁護士によって前村家具の前社長である康孝の死に妹の礼子と安高凌士が関わっていることが告発され、その訴えは受理された。

捜査の過程では紗雪と安高が話している音声データの内容がひとつひとつ精査され、まずは康孝を車で轢いた実行犯の男が借金の帳消しを条件に殺害を依頼されたことを自供し、主導的役割を果たした安高に殺人事件における教唆の罪で逮捕状が出た。

一方、警察で事情聴取を受けた前村礼子は当初兄の殺害に関わったのを強く否定していたものの、度重なる尋問の末に少しずつ自供を始めた。彼女いわく、前村家具の創業者の子どもという条件は同じであるにもかかわらず、兄が当然のように会社を継いだことに長年不満を抱いていたという。

一度は他の役員たちを買収し、持ち株を増やして下剋上しようとしたものの失敗に終わって、不満を燻《くすぶ》らせていたところでホストクラブに嵌まり、その店のオーナーの安高に出会ったらしい。

礼子と深い仲になった彼は、前村康孝を殺害し、会社と遺産のすべてを礼子の手中に収めるべく計画を練ったという。

「実際に兄が交通事故を装って殺害されたとき……冗談ではなく本当に実行したのだと知って、怖くなりました。でも凌士が上手く紗雪に相続放棄をさせ、会社と兄の遺産を手にできたとき、有頂天《うちょうてん》になったんです。紗雪を兄の屋敷から追い出すことにも、良心の呵責は感じませんでした」

しかし悪夢は、それからだった。

礼子が莫大な財産を手に入れたあと、安高はそれを自分の事業に出資するように迫ってきた。それだけではなく、彼が設立したペーパーカンパニーと前村家具の間に架空の契約を結ばせ、業務を実行した成果がなかったにもかかわらず、コンサルティング報酬名目で毎月かなりの金額を送金させていた。

「『あんたと俺は共犯者なんだから、関係は切れない』『兄の殺害や会社に損害を与えていることを暴露されたくなかったら、俺の言い値で金を払い続けろ』と言われて、拒否できませんでした。私は凌士の奴隷状態であるのを受け入れたわけではありませんでしたが、彼は元々ホストですから、こちらの不満が溜まってきた頃に優しくして気持ちを繋ぎ留めるのが上手いんです。この三年は会えるのが月に一、二回でしたけど、その頻度がかえって私の中の飢えや執着を掻き立てていました」

礼子は兄の殺人に関する教唆の罪、そして会社法の特別背任罪で逮捕された。

また、前村康孝が遺した株式と遺産を不当に奪い取った件については、本来の相続人である紗雪から告訴されたことで窃盗罪と不動産侵奪罪に問われた。今後は刑事罰が下される過程を見守りつつ、家庭裁判所に相続放棄の取消しの申述を行い、礼子が使い込んだ金に関して不当利得返還請求をすることになる。

一方、警察から逮捕状が出ている安高は、姿をくらましていて捕まっていないらしい。彼は墨谷会の関係者が経営する店に営業妨害をしていたことが明るみになり、副本部長の友次の顔を潰してしまったようだ。

友次は被害を受けた組幹部たちに「自分の仮舎弟が迷惑をかけた」として謝罪し、怒り狂って安高の行方を捜しているものの、いまだ見つかっていないという。〝二千万円の持参金を持ってくれれば、墨谷会の正式な構成員にする〟という話ももちろん立ち消えとなり、友次のみならず三辻の顧客である組関係者や日向野組からも追われている状況だ。

警察とヤクザの情報網はどちらも侮れないため、どんなに逃げ隠れしても見つかるのは時間の問題だろう。もしかすると半グレよりも苛烈《かれつ》だとされるヤクザの報復を恐れ、あえて警察に出頭するのも充分に考えられる。

（三辻くんに仕掛けると組関係者に迷惑がかかる可能性について、あの人は何も考えていなかったのかな。よほど自分の能力に自信があったか、そんな事情なんかどうでもよくなるくらい三辻くんが妬ましかったのか）

安高は三辻の境遇を〝恵まれている〟と評し、あくまでもカタギでありながら組にシノギの面で貢献していることを中途半端だと批判していた。

彼のように裏社会でのし上がりたいと考えている人間には、三辻の存在は目障りだったのだろう。だが紗雪は、三辻が何とかカタギに踏み留まってくれてよかったと考えていた。

（たとえ背中に刺青があろうと、三辻くんは盃を交わしていないかぎり本物のヤクザじゃない。組との繋がりを断ち切れば、絶対に普通の人として生きていけるはず）

乱闘事件から三週間が経つ今、紗雪は三辻のマンションで一緒に暮らしている。

理由は安高や伏龍会のメンバーにアパートの住所がばれているからで、彼らが三辻への報復のために紗雪を拉致《らち》することも考えられるため、急遽引っ越しが決定した。

「俺のマンションはセキュリティがしっかりしてるし、コンシェルジュが住人の許可を得ていない人間の侵入をすべてシャットアウトしてくれる。だから安心だろ」

それまで職場までは二十分余りで行けていたのが、今は五十分かかるようになり、通勤時間が延びてしまったのが唯一のネックだ。

とはいえその漆山電機株式会社は、来週いっぱいで退職する予定でいる。「ストレスフルな職場で、わざわざ働く必要はない」「もっと自分に合ったところを探したほうが、精神的にいいに決まってるだろ」と三辻に言われたからで、紗雪自身も悔いはなかった。

彼のマンションに引っ越してからというもの、以前着ていた地味な衣服はすべて処分されてしまい、三辻がチョイスした一流ブランドの服を着て通勤している。すると事務員の稲木と生田の見る目が真っ先に変わり、「前村さん、どうしたの、いきなり」「イメチェン？」と問いかけられたものの、紗雪はあえて答えずにいた。

他の営業マンたちも興味津々の視線を向けてきたが、それがもっとも顕著だったのは船見だ。彼はこちらに話しかけたそうにそわそわしていたが、紗雪は彼と二人きりにならないように気をつけていた。

だが午後五時半過ぎに退勤し、ロッカールームで荷物を取ってビルの外に出たところで、ちょうど外回りから戻ってきた船見と遭遇する。

「……あ」

彼がこちらに気づき、紗雪は内心「しまった」と思った。

極力表情に出さず、そのまま目を伏せて無言で横を通り過ぎようとすると、船見が「なあ」と声をかけてくる。

「近頃前村さんが変わったのって、どういう心境の変化？　もしかして彼氏ができたとか？」

不躾《ぶしつけ》な質問に足を止めた紗雪は、淡々とした口調で答える。

「プライベートに関することを聞かれるのは不愉快ですし、いちいち答える義務もありません。失礼します」

そのまま通り過ぎようとすると、彼がこちらの手首をつかみ、なおも言う。

「待てよ。このあいだテレビを見てたら、前村家具の女社長が逮捕されたっていうニュースをやってた。前社長の死に関与してて、本来の相続人である姪から会社と遺産を騙し取ったって」

「…………」

「その翌日に、部長たちが休憩スペースで『捕まったのは、事務の前村さんの叔母だ』『履歴書の家族構成欄を見てみたら死別した両親の名前が書かれていて、父親はニュースに出ている前村家具の前社長の名前と同じだった』って話してるのを偶然聞いちゃったんだ。なあ、前村さんが変わったのって、本来相続するはずだった遺産が手元に戻ってきたから？　だからそうやってブランド物の服を着てるのか？」

船見の目には強い好奇心がにじんでいて、紗雪はぐっと唇を引き結ぶ。

独り暮らしの場合は履歴書に家族構成を書く必要はなく、面接官も法律上家族の人数や仕事などの個人情報をとやかく聞いてはいけないことになっている。だが三年前の紗雪はそれを知らず、家族欄に死別した両親の名前を書いてしまっていた。

とはいえその内容を漏らすのは企業のコンプライアンス違反であり、ましてや噂話のネタにするなどもってのほかだ。紗雪は彼を見上げ、精一杯毅然とした態度で言った。

「たとえそれが真実だったとして、あなたに一体何の関係があるんですか？　人のプライバシーを詮索して、恥ずかしくないんですか」

「このあいだも言ったとおり、俺の以前の態度については反省してるんだ。一度君に冷たくされたときにそれを根に持って、心にもないことを言ってしまった。だけど俺は二度とそれをしないと誓って、実際前村さんに嫌みを言うのをやめただろう？　だから過去のことは水に流して、俺とつきあってほしいんだ」

船見につかまれた手首が痛み、紗雪はそれを振り解こうとしながら告げる。

「放してください。大声を出しますよ」

「ちゃんと話せば、俺が本当に君のことを想ってるってわかってくれると思う。だからこれから、どこか二人きりになれるところで……」

「――失礼。彼女に何かご用ですか」

ふいにスーツ姿の男性が目の前に割り込み、紗雪は驚いてつぶやく。

「三辻くん、どうして……」

「紗雪がなかなか来ないからビルの入り口を見てたら、男と話しているのが見えたから」

実は今日の昼休みに「仕事が終わる時間に迎えに行くよ」と三辻からメッセージがきており、紗雪は終業後に彼と合流するべくビルを出たところだった。

自分より上背がある三辻を見つめた船見が、狼狽して言う。

「だ、誰だよ、あんた」

「僕は紗雪の交際相手の、三辻と申します。少し前から二人が話している様子を観察していましたが、あなたは嫌がる彼女の腕をつかんで放さなかった。これは暴行罪になるのはご存じですか」

〝暴行罪〟と聞いた彼は、パッと手を放す。三辻がそれを見下ろし、微笑んで問いかけた。

「もしかしてあなたは、船見さんでしょうか。紗雪の同僚の」

「そうですけど……」

「噂はかねがね聞いております。彼女に交際を申し込んで断られ、そのあとからずっと陰でパワハラを繰り返しておられたとか。『たとえ会社に訴えても、前村さんみたいに陰気な面をした女と営業成績トップの自分なら、きっと皆こっちを信じる』と発言されたそうですね。期間は三年にも及ぶそうですから、相当悪質だ」

まさか三辻がその話を知っていると思っていなかったのか、船見が動揺した様子で視線をさまよわせる。そんな彼を見つめ、三辻が整った顔に穏やかな笑みを浮かべたまま、ふいに声音をガラリと変えて言った。

「――最近紗雪の雰囲気が変わったから、改めて食指が動いたのか？　それとも前村家具の騒動を知って、彼女が取り戻す予定の遺産に目が眩んだか。どちらにせよ、今までさんざん好き放題にサンドバッグにしておいて、てめえみたいな下種《げす》に紗雪が靡くと思ってるなら相当めでたい頭をしてるな。本来ならこれまで彼女が感じてきた精神的苦痛への慰謝料を支払うのが筋だし、無理ならその身体でどうにか金を作るという手もあるが、どっちがいい？」

彼の口調は静かなのに迫力があり、ハイブランドのスーツを着ていても隠しきれない凄みがある。

船見は三辻の雰囲気にすっかり呑まれ、青ざめて立ち尽くしていた。紗雪は慌てて三辻のスーツの袖を引き、声をひそめて告げる。

「三辻くん、もういいから」

「でも紗雪、ずっとこいつにネチネチやられてたんだろ。いい機会だから白黒はっきりつけたほうがいい」

「本当にいいの。行こう」

彼と腕を組む形になりながら、紗雪は往来に停車した車に向かって歩き出す。

すると三辻が、チラリと後ろを振り向いて言った。

「何で止めたの？　あのクソにきっちり詫びを入れさせればよかったのに」

「もう、そういうのやめて。ヤクザみたいでしょ」

車に乗り込み、シートベルトを締めた彼が、ハザードランプを切って緩やかに車を発進させる。

助手席に座った紗雪は、小さく息をついて言った。

「三辻くんが庇ってくれたのはうれしいけど、明日会社で噂になっちゃうかも。どうやら部長がわたしの履歴書の家族欄を見て、前村家具の前社長が父親だって他の人に漏らしてたみたいなの。船見さんはそれを聞いて、直接わたしに確かめようとしたみたい」

するとそれを聞いた三辻が剣呑《けんのん》な表情になり、舌打ちして言う。

「何だよそれ、守秘義務違反だろ。さっきのあいつだけじゃなく、上司まで腐ってるんだな。弁護士を連れて会社を訪れて、正攻法でガン詰めしてやろうか」

「わたしは来週いっぱいで退職するんだから、そんなことしなくていいよ。わざわざ事を荒立てても仕方ないし、もし明日以降にまた好奇心で何か聞かれるようなら、自分で抗議するつもり」

新しい就職先は、貿易会社の営業事務に決まった。

三辻のマンションから近い上、オフィスがきれいで社員の感じもよく、給与もこれまでより数万円アップする。彼は「紗雪の一人や二人余裕で養ってあげるから、働かずに習い事でもすれば？」と言ってくれたが、紗雪はそれは違うと考えていた。

（今の三辻くんなら、わたしのためにどんなことでもしてくれそう。でもそれに甘えてしまったら、この人はいつかきっとわたしに飽きるような気がする）

あの事件以来、三辻は本当に優しい恋人になった。礼子と安高を告発することに尽力してくれ、その一方で紗雪の身の安全を考えて引っ越しを決行したり、自分のマンションで生活を始めるのに足りないものがないか気遣ってくれたりと、率先して動いてくれる。

紗雪が出勤時に彼にプレゼントされた服を着ると「今日も可愛いね」と笑顔で言い、額にキスをしたりという甘いしぐさをするようになって、紗雪はどう反応していいか迷っていた。

(でも……)

三辻の態度が演技ではなく、本当にそうしたくてしているのだということが眼差しや声音から伝わってきて、面映ゆさをおぼえる。

これまで恋愛というものをしてきておらず、女性を〝恋人〟として扱ったことがないという彼だが、まるでその反動のように紗雪を溺愛してきて、気恥ずかしいのと同時にうれしくもあった。

一緒に暮らし始めてからというもの、夕食は外と家の半々で、紗雪が手料理を振る舞うと三辻はいつも喜んでいる。聞けば高級クラブのホステスだったという彼の母親はまったく料理をしない女性で、父親の元に引き取られたあとは部屋住みの組員が順番に食事を作っていたが、口に合わなかったらしい。

つまり三辻は家庭料理というものに触れずに育ってきていて、紗雪が作るものをいつも「美味い」と褒め、調理や片づけを率先して手伝ってくれる。

今日は野菜たっぷりのポトフとオムライス、シーザーサラダで、食後に台所を片づけているとふいに三辻が後ろから腰を抱いてきた。紗雪は使用済みの食器を食洗機に入れるべく予洗いしながら、彼に向かって告げる。

「三辻くん、先に台所を片づけないと」

「わかってる。ちょっとだけ」

「ん……っ」

蛇口の水を止めた三辻に頤《おとがい》を上げられ、覆い被さるように口づけられて、紗雪はくぐもった声を漏らす。

彼の手が服の中に侵入し、胸を揉みしだかれた紗雪は息を乱した。ブラのカップをずらして先端を弄られ、じんとした感覚がこみ上げる。そのあいだもキスは続いており、舌を絡められる感触に陶然とした。

「あっ……」

三辻の手がスカートをたくし上げ、ストッキングの中の下着に触れる。そこはキスだけでじんわりと熱くなっていて、そんな自分が恥ずかしくなった。

レースの生地越しに敏感な花芽をぐっと押され、甘い愉悦がこみ上げる。割れ目をなぞられるとぬるつく感触がし、目の前のシンクの縁にしがみつく紗雪の首筋に彼が唇を這わせてきた。

「はぁっ……三辻、くん……」

「ん？」

「ぁ、ここで……？」

紗雪の問いかけに、三辻が笑って答える。

「そうだよ。嫌？」

恥ずかしくなったものの、首を横に振るのを見た彼が、紗雪のストッキングと下着を脱がせてくる。そしてスラックスの前をくつろげ、いきり立った自身を取り出して、避妊具を装着したあとに中に押し入ってきた。

「んん……っ」

後ろからする姿勢は正面から抱き合うよりも深く挿入されるため、その大きさが怖くなる。意図して力を抜き、息を吐くと、圧迫感がわずかに和らいだ。そのまま律動を開始され、紗雪はシンクにつかまった状態で喘ぐ。

「ぁっ……はっ、……あ……っ」

受け入れた剛直は硬く、内壁を擦られるたびにゾクゾクとした感覚がこみ上げる。

想いが通じ合ってからの行為はことさら快感が深くなり、声を我慢することができなかった。

そんな紗雪に腰を打ちつけながら、三辻が吐息交じりの声でささやいた。

「……っ、すごい締めつけ。立ったままするのが好き？」

「ぁっ、違……」

「普段はいかにも清純そうに見えるのに、紗雪はやらしいね」

言葉で辱められると身体が熱くなり、思わずきつく締めつけてしまう。

恋人になってからというもの、彼のサディスティックさは鳴りを潜め、こうして言葉で嬲る程度に留まっていた。だが「いたぶりたい衝動を、無理をして抑えているのではないか」と肌で感じることが何度かあり、紗雪は背後の三辻を見つめて切れ切れに言う。

「ぁっ……三辻くん……」

「何？」

「これじゃ足りない……もっと激しくして……っ」

すると彼を取り巻く空気がわずかに変わり、勢いよく腰を打ちつけたあとに切っ先で奥を深く抉ってきて、その衝撃に紗雪は思わず目を見開く。

「んぁっ！」

「自分からそんなこと言って、どんなふうにされるかわかってんの？　俺はクズなんだから、紗雪の言葉を免罪符にして好き放題するよ」

「あっ、あっ」

容赦のない抽送が始まり、紗雪は押し出されるように声を上げる。

激しい律動に息が止まりそうになり、シンクの縁にきつくしがみついた。こちらの切羽詰まった声に三辻が興奮しているのがわかり、心の中でホッとする。彼のサディスティックな抱き方は、ただの趣味嗜好だ。こちらを本当の意味で痛めつける意図はなく、あくまでも支配欲の表れであるのなら、それを受け止めるのはまったく嫌ではなかった。

（わたしは、三辻くんが好き。……だからどんな彼でも受け入れたい）

後ろから覆い被さった三辻が、律動を緩めないまま胸のふくらみを強く揉みしだいてきて、紗雪は小さく悲鳴を上げる。

先端を弄られると痛みと紙一重の疼きがこみ上げ、体内を穿つ楔をビクビクと締めつけた。彼の唇が首筋をなぞり、いつ噛みつかれるのだろうという緊張感が高まる。しかし耳元でささやかれたのは、不意打ちのような愛の言葉だった。

「……好きだ、紗雪」

押し殺した熱情を孕んだささやきに、胸がいっぱいになる。

これまで誰のことも愛さずに尖って生きてきた三辻が、こんなふうに想いを告げるのは自分だけだ。そう思うと心がきゅうっとし、気持ちに呼応するように昂ぶりを受け入れた隘路が窄《すぼ》まる。

するとその動きに息を詰めた彼が、悔しそうにつぶやいた。

「くそっ、出る……っ」

「あっ……！」

より律動を激しくされ、容赦のない動きで何度も奥を突かれる。苦痛はなく、ただ快感に追い詰められた紗雪は、やがてひときわ奥を突き上げられた瞬間に背をしならせて達した。

「あ……っ」

内部が不規則にわななき、屹立をきつく食い締める。すると数秒遅れ、三辻のほうも最奥で熱を放った。

「……っ」

熱い飛沫が膜越しに放たれ、内壁が啜るように蠢く。ありったけの熱を吐き出した彼が、充足の息をついた。三辻が慎重に萎えた自身を引き抜いた途端、紗雪は身体の力が抜けてその場にへたり込んでしまう。それを見た彼が、心配そうに言った。

「大丈夫？　ごめん、激しくしすぎたかな」

「ううん、平気」

後始末を終えた三辻が冷蔵庫から水のペットボトルを出し、手渡してくれる。

床に座って隣で汗ばんだ髪を掻き上げる彼のしぐさを見て、紗雪はふと気づいて問いかけた。

「もしかして、疲れてる？」

「うん。最近、組関係のコンサルの新規申し込みを断ったり、既存の契約の見直しを通告したら、それが親父の耳に入ったみたいで。今日電話で文句を言われた」

彼は組との関係を断ち切るため、少しずつ仕事を整理しているところだが、そんな息子の行動は父親である日向野の目に消極的に映ったようだ。

彼は電話口で「せっかくきた仕事を断るとか、お前やる気あんのか」「俺の顔を潰すような真似をすると、承知しねえぞ」と凄んできたといい、三辻が笑って言った。

「一応『表の仕事が立て込んでて、なかなか対応できない』って言い訳をしておいたけど。日向野組は俺が稼ぐ金に依存してるから、のらりくらり躱すのが大変だ」

ペットボトルの水を一口飲んだ彼が、「そうだ」と言ってこちらを見る。

「君の訴えを握り潰した高輪警察署の刑事の上石だけど、暴力団との癒着で逮捕できそうだって」

「そうなの？」

「ああ。そいつが伏龍会から女や金を融通してもらってたことが安高の音声データで明らかになったけど、内偵の結果、他の複数の暴力団からも捜査状況を漏らす見返りに金を受け取っていたのがわかったらしい。どうやら立件できる分だけで金額が一千万円を超えるようで、相当悪質みたいだよ」

それを聞いた紗雪は、深く安堵する。「あのとき父の死がきちんと捜査されていれば」という悔しさがこみ上げるものの、上石が逮捕される運びとなって心からホッとしていた。

しかしふと心配になり、三辻に問いかけた。

「三辻くんはそれ、誰から聞いたの？　警察関係者なら、問題になるんじゃ」

「俺が中学のときから知ってる佐波俊一っていう刑事で、いわゆる〝マル暴〟だ。俺が経営する会社を、ずっと墨谷会のフロント企業じゃないかと疑って定期的に探りを入れてきてたおっさんだよ。正直そのとおりだったから煙たくてしょうがなかったんだけど、今回は上石の件で相談に乗ってもらってた」

「そうなんだ」

彼は一旦言葉を切り、紗雪を見つめて言う。

「――実は佐波刑事には、俺が組から距離を置きたいこと、いつか日向野組と墨谷会を解体するのが目標だと話して、協力を取りつけてる。とはいえこれから組の違法行為に関する情報を調べなきゃいけないし、ばれないように上手く立ち回りつつ慎重に事を進める必要があるから、一朝一夕にというわけにはいかない。俺がこれまで裏稼業で脱税していた分も、きちんと申告して処理しなきゃいけないだろう。でも必ずやり遂げてカタギになると約束するから、俺についてきてくれる？」

それを聞いた紗雪の胸が、じんと震える。

高校時代からヤクザにならないようにと足掻《あが》き、途中で澱みに落ちかけたものの、こうして一緒に歩むために努力する三辻を応援したい。彼がつらいときにはその支えになりたくて、たまらなかった。

紗雪が「うん」と頷き、隣に座る彼の手をぎゅっと握ると、三辻がうれしそうに微笑む。紗雪も笑みを浮かべながら、いつか彼が家のしがらみから解き放たれることを切に願った。

あとがき

こんにちは、もしくは初めまして。西條六花《さいじょうりっか》です。

ルネッタブックスで八冊目になるこの作品は、わたし自身初（！）のヤクザ物になりました。

ずっと苦手意識というか、ハードルの高さがあり、「書くならみっちり調べて書こう」と思っていたのですが、初稿がどうやらハードすぎたようで……。

担当さんから「かなり修正しないと厳しいです」と言われ、タイトな日程でがっつり改稿することになりました。こうして読者さんの目に触れている作品は、最初に比べるとかなりマイルドになっているはずです（残念……）。

とはいえわたしの作品の中では一、二を争う鬼畜ヒーローは、書くのがとても楽しい人物でした。ヒーローの三辻は表向きはやり手の経営コンサルタント、若くして事務所を構える敏腕社長ですが、その本性は裏社会にどっぷり浸かった経済ヤクザです。

一方、ヒロインの紗雪は叔母と恋人に騙されて身ぐるみ剝がされた元お嬢さま、かつての健やかさを失くした鬱々とした女性で、中学時代の同級生だった三辻と再会したことで物語が動き始めます。

今回は敵役として安高という男性が出てくるのですが、個人的にはとても好きなタイプでした。世渡り上手で性格の悪いイケメン、いいですよね。イラストで見られないのがとても残念です。

今回の表紙イラストは、よしざわ未菜子《みなこ》さまにお願いいたしました。このあとがきを書いている時点では完成したものを拝見できていないのですが、どんな仕上がりになるか楽しみにしています。

この作品は、二〇二三年の最後に刊行される予定です。今年もたくさんの作品を刊行していただき、ありがとうございました。すべては読んでくださる皆さま、書かせてくださる出版社さんのおかげで、心から感謝しています。

せっかくヤクザについて調べたので、いつか再びこのネタで書けたらいいなと思っております。

またどこかでお会いできることを願って。

西條六花

参考文献

『ヤクザ1000人に会いました！』鈴木智彦著（宝島社）
『続・暴力団』溝口敦著（新潮社）
『潜入ルポ　ヤクザの修羅場』鈴木智彦著（文藝春秋）
『教養としてのヤクザ』溝口敦・鈴木智彦著（小学館）
『極道のウラ情報』鈴木智彦著（宝島社）
『極道のウラ知識』鈴木智彦著（宝島社）

ルネッタⓁブックス

冷徹なインテリヤクザは、没落令嬢を容赦なく猛愛する

2023年12月25日　第１刷発行　定価はカバーに表示してあります

著　者　**西條六花**　©RIKKA SAIJO 2023
発行人　鈴木幸辰
発行所　株式会社ハーパーコリンズ・ジャパン
東京都千代田区大手町 1-5-1
03-6269-2883（営業部）
0570-008091　（読者サービス係）

印刷・製本　中央精版印刷株式会社

ISBN978-4-596-53122-3

※この作品はフィクションであり、実在の人物・団体・事件等とは関係ありません。